# 守財小妻 下

忘憂草 著

文創風 826

風文創 826

# 目錄

# 第二十一章

金氏為人一向開明，也確實沒想要一直壓著幾個兒媳婦，若是分了家，幾個兒子各過各的，自己操心自己，她還能少操點心。但這話，劉金幾個聽了卻是嚇得撲通一聲就跪下了。

自古以來，老的在不分家，他們家若是把家分了，那不是叫人戳他們脊梁骨嗎？幾個媳婦也跟著苦勸。「娘，我們不分家……」

王蓉幾個勸了好半天，劉老頭才咳嗽兩聲，道：「行了，你們娘也就這麼一說，沒真想著分家……」

「爹娘只要莫提分家，兒子什麼都答應的。」老大急急表忠心。

老三、老五包括張氏、李氏等都附和著點頭。

「成了，不分家。都起來吧！」看著兒子、兒媳一個個可憐巴巴的，金氏想著也就不為難他們了，只是該說的還是要提前說好。「不管你們誰去了那邊，其中一個鋪子的收益算入公中，另一個算是老四媳婦的嫁妝，至於各人的活計，女婿能幫著安排當然最好，你們也要念著杏花跟杏花女婿的情義，若是安排不了，你們就自己出去找活，心裡莫生了怨懟，人家不欠咱的。」

「是是是……那娘您看，我們誰去誰留下？」

「這個你們自己決定，我跟老頭子不摻和。」不然回頭後悔了，再怨他們兩個老的。

金氏原以為兄弟幾個都會想去，畢竟那邊的條件確實是這邊沒法比的，沒想到最終商量下來的結果竟然只有老五兩口子決定過去，老大、老三都想留下。只是老大媳婦想讓金氏把狗蛋帶過去，用老大媳婦的話說，家裡相看來相看去都沒個合意的，那邊說不定能尋個好的。

「你們想好了就成。」金氏點點頭。至於他們老倆口，原本金氏是不打算過去的，千里迢迢的，她這把老骨頭不夠折騰的，可是劉老頭死活不放心，想要過去看看，沒辦法金氏也只能同意，心裡想著要是那邊好了再回來。

這邊商量好，金氏又親自跑了一趟陳家那邊，兩家商量好三日後出發。

不管上輩子還是這輩子，要帶著孩子出門，需要帶的東西都會很多，各方面都要顧及到，衣服、食物、藥材甚至必要的自保手段缺一不可。此外，之前從鎮上繡莊接的活計也要抓緊完工，然後去跟人結算掉，王蓉這幾天忙得不可開交，直到臨要走了，才抽出空回了王家一趟。

「啥？要去林州？什麼時候？」

「明天就走。」

「明天？」劉氏驚得嘴巴半天沒合上，然後就是一連串的各式叮囑，大多都是叮囑王蓉路上要照顧好孩子之類的，旁邊的二嬸王張氏則若有所思。

第二天，天還未亮，劉家這邊就都起身了，張氏、汪氏忙著做早飯以及王蓉她們出門路上要吃的肉餅什麼的。

王蓉等人則將要帶的東西再檢查一遍，做最後的準備。

為了這趟接人路上能夠順利，陳忠一行人特意從鎮上弄了幾輛牛車，這東西好代步，看著也不打眼。

大家把帶的東西拿到牛車上放好，吃完早飯，就準備出門。

到了村口，那裡已經很多人等著了，站在最前面的就是族長、里正等人。

族長慣常又是一系列叮囑，末了還不忘交代金氏、劉老頭。「小五年紀也夠了，你們都是做長輩的，在那邊看到合適的，就給他娶個媳婦。需要的銀錢讓他們自己出，若是不夠就送信回來。」

「對對對，還有我們家小子也是，他嬸子妳也多幫著上心……」

之前出去的人，好些都還是單身，族長這麼一開口，好些人湧到金氏跟前。

金氏能說啥？只得點頭答應，可以想見，等她到了那邊，很長一段時間，打交道的估計都會是媒婆。

說完娶媳婦的事，時間也差不多了，王蓉等人爬上牛車準備上路。

結果剛走出沒幾步，王家人來了，王張氏拽著王婷、王栓幾個幫忙拿著包袱。

金氏以為王家心疼閨女、外孫還特地準備了東西叫他們帶上，路上吃用，忙叫牛車停下。

只是好險還沒來得及把感激的話說出口，不然就尷尬了。

因為王家這邊的東西根本就不是為王蓉準備的，而是給王婷準備的。

跟張氏對狗蛋的期許一樣，王婷在這小地方不好說親，王家也希望王蓉能把王婷帶出去，然後幫王婷說上一門好親……

叫王婷跟著王蓉去林州這個想法是張氏提出來的，一開始王家包括王婷本人都是不同意的，她不想離開家、離開爹娘，但耐不住張氏這個病人堅持。最後王家人只能鬆口，這也是王家來遲的原因。

王家一開始還怕劉家人不答應，結果話一說出來，金氏只客氣了一番就滿口答應了，估計也是蝨子多了不怕咬，債多了不愁，反正已經要負責那麼多人的親事了，多一個也沒啥差別。

辭別王家人，牛車終於上路，大人倒還好，沒想到最後是小定幾個孩子哭得唏哩嘩啦的，把幾個老的也惹出淚。

尤其是汪氏懷裡的安安，看平平、小定、大丫都走就他不走，在汪氏懷裡直嚎，一個勁指著牛車要跟，把金氏幾個心疼得跟什麼似的。

牛車走出幾里地，金氏幾個都還在抹眼淚。王蓉想勸都勸不住。後來還是劉老頭看不過去，說了她兩句，金氏才漸漸忍住了。

牛車走到鎮上附近又遇到了等在路邊送行的劉通跟他媳婦。

上次王蓉跟金氏登門拜託劉通幫忙送個東西，劉通媳婦還有些不爽快，這次知道劉家人在外面發達了卻是全程都熱情得不行。還主動給劉家人準備了一大包煮雞蛋、一大包肉餅，直讓劉家人吃了好幾天才吃完……

山凹里距離林州有千里之遙，一行人趕著幾輛牛車，為穩妥起見，日出即起，日暮方歇，緊趕慢趕，總算在經歷了幾波劫匪都被打退的大半個月後，平平安安的到了跟林州隔一座城的落花城。

這般急急趕路下，老人孩子精神都有些萎靡，劉錫在跟陳忠商量之後，大家便決定在落花城歇息一日。

落花城，並沒有什麼花，在天下大亂前這裡是個比林州大了不少的大城，經濟發達，人口繁茂，用客棧掌櫃的話說街上不說摩肩接踵也是熙熙攘攘的。可自從落花城東邊和南邊叫不同的勢力占了，這裡成了「前線」，不知道什麼時候兵戈就會降臨，街上的人就少了，除非特殊日子，否則大家能不上街就不上街，能跑的也都跑了。

「我們這客棧也好久都沒一下子接待這麼多客人了。」

陳忠笑著開玩笑。「那掌櫃的可要給我們便宜一些。」

「肯定的肯定的。」掌櫃的樂呵呵的點頭。「除了便宜，我再給這位爺一張我們客棧特有的牌子，有了這個牌子，這位爺以後再來都只收您八成……您要是需要買個什麼東西，也儘管問小老兒，保證知無不言言無不盡。」

「沒想到掌櫃的竟然還是個讀書人……」陳忠稱讚道：「說起來我們還真要麻煩掌櫃的，掌櫃的也看到了，我們這老的老、小的小，一路走下來身子骨都不太爽利，麻煩您給推薦個醫術醫德好的大夫瞧瞧。」

「這個好說，咱們落花城有名有姓的醫館有三家，但要說大夫，還得是城西張記的小張大夫，那一手醫術真是絕了。」說完，掌櫃的又給陳忠等人說了不少小張大夫的豐功偉績，什麼人都沒氣了，又給救活了；什麼孕婦難產都快不行了一副藥下去母子平安了等等，說得神乎其神。

陳忠面上笑著點點頭，招呼手下去請人，不過為謹慎起見，陳忠人給手下使了個眼色讓請之前要打聽一下。

很快，小張大夫就請來了，穿著一身藏青色的袍子，蓄著鬍子，看不出真實年紀，但整體上給人感覺年歲應該不大，難怪人要稱之為小張大夫，比起大多白髮蒼蒼的老大夫確實年輕多了。

「是哪位要請脈？」

「小張大夫好，我們這一行人都有些不太爽利，麻煩大夫都給看看。」

小張大夫點點頭，掃了一眼俱在大堂坐著的王蓉等人，也沒分什麼男女，就依著距離遠近一個個依序把起了脈。

王蓉等人一開始聽著掌櫃的讚小張大夫醫術好，只當是吹噓，等人實際上手了方知這人是真的厲害，只簡單搭個脈、看看面色，就能把病症說個七七八八，竟沒一個說錯的。

且這人看著一副拒人千里之外的樣子，對孩子卻非常有耐心，小定把脈時一直亂動不願意配合他也細心安撫，絲毫不曾變臉。大丫聽說要吃苦藥湯子，些微露出一點苦態，他竟然就主動提出可以給換個不怎麼苦的。

開好藥方，讓人去藥店拿了藥，親自看著熬了藥，眾人都喝了藥，沒有什麼不適，小張大夫這才離開。收的診費也不高。

「這小張大夫真真是醫者仁心。」

「那可不？」掌櫃的與有榮焉。「小張大夫可是我們張家族人。」

「哦？掌櫃的竟然也姓張？我家大兒媳也姓張呢，論起來說不定多年前是一家。」

「竟這麼巧？那還真說不好。」說完，掌櫃的頗為健談的又說起他們張家。按照掌櫃的說法，落花城張家，那在二十多年前也是很了不得的家族，族裡在京中有人當過三品大官，後來皇權更迭，他家那長輩站錯了隊被貶，還牽連了家族其他官員被一擼到底，他們張家迫於生計這才沒辦法改換門庭開始做生意、學醫。

「小張大夫初時讀書是為了科舉，只是後來家裡被斷了科舉的上升之路，這才迫不得已轉學岐黃之術，沒想到小張大夫天資出眾，竟沒用多少時間就出師了，還有青出於藍而勝於藍的架勢……」

「你們就沒想過再走科舉之路？」陳忠笑著問道。

掌櫃的苦笑著搖搖頭。「如何沒想過，我們家小兒子天資就不錯……可也得行啊……」三代之內不許參加科考，這還沒到時間呢，唉！就怕等到了時間，家裡之前好不容易幾代人延續下來的一點才氣怕是也散得差不多了。

陳忠點點頭若有所思。回頭等回到陳侯身邊，就將落花城張家的情況詳細報予陳侯。陳侯如今上上下下都缺人，有這樣的人才就在伸手搆得著的地方，哪有放過的道理，當下就特意派了人去尋訪、招納，張家因此得以在後來陳侯得天下後重新回到官場，此為後話暫且不提。

只說王蓉等人，在張家客棧這裡找小張大夫看了看，該喝藥的喝藥，泡個熱水澡，第二天起來一行人的精神面貌煥然一新。

想著接下來還要有一段時間在路上，一行人還特意出去大採購了一番，吃的喝的，草藥等等又置辦了一批。

「姐，妳不用買給我，我有衣服穿。」王婷出來的匆忙，張氏只簡單給拾掇了一身換洗的衣服就給塞出來，出來時身邊也沒帶多少銀錢，這一路行來便有些拘謹。

王蓉見了，之前在路上，有錢也不好置辦，現在有了條件，可不就拉著王婷來個大採購。大到衣服、鞋子，小到頭繩、抹臉的面霜一項不落，把王婷感動的直掉金豆子。

「可莫哭，咱們嫡親姐妹，只不過是些小東西，哪裡值當的？回頭叫小定看到了，說不定他以為我欺負她小姨呢！」

小定還小，正是學嘴的時候，看到她哭，還真可能去跟金氏告狀。王婷這才住了眼淚，只是心裡對王蓉的感激卻是實打實的。

置辦好東西，第二天一行人繼續上路，這一次速度比之前又快了不少。

只三天時間，一行人就到了林州地界。此時時間已經是三月初，田地裡已經開始忙活起來了。

陳軒接到消息，親自帶著劉鐵迎出林州三十多里。

兩方碰面，劉鐵先不顧形象的直接衝上前來，跪倒在金氏、劉老頭面前就磕頭，嘴裡嗚嗚哇哇的叫爹娘，看著比他兒子小定哭得還慘。

金氏急急忙忙的下車去扶人，王蓉眼中含淚笑著教小定叫爹，陳晨也被劉杏花推到陳軒懷裡……哭的哭、抱的抱，一時場面幾乎不可收拾，過了約莫有小半刻鐘，大家情緒才稍緩。

陳軒、劉鐵扶著幾個老的繼續上牛車，抱著兒子跟在牛車旁邊一起往林州城去。

到了城裡，一行人先去了衙門，將劉杏花母子，並陳老爺子安置好，一行人才往劉鐵得的宅子走。

早在劉小五他們出發前，劉鐵跟陳軒兩個就好好琢磨了一番，將劉氏族人從衙門後院搬了出來，搬到劉鐵得的那宅子的第一進。第一進是本身就帶著個做客房的小跨院，加上倒座、廂房，十幾個人一個人一間足夠了。

至於劉家幾房，劉鐵想著到時候就住二進，二進寬大，有十幾間房，夠住；金氏劉老頭則安排在三進，三進有個大花園，老倆口閒了去看看花看看草也方便。

然，真正到了宅子裡，金氏看了之後卻不同意劉鐵的安排。

「二進又不是不夠住，做什麼我跟你爹要去住那第三進？我看不如將二進、三進隔開，後面開個門，將第三進單獨做個帶大花園的院子租出去，說不定還能收點租子，妳說呢老四媳婦？」

「兒媳沒意見，都聽娘的。」

「兒媳也沒意見，只是這院子的租金是歸公中還是嗚嗚……」林氏話沒說完就被劉錫捂著嘴拖進了剛剛分給他們住的廂房裡。

「做什麼不讓我說話？」

被劉錫連拖帶拽的弄到房間裡，林氏當下就惱了，恨恨的將劉錫捂著她嘴的手甩到一邊。

劉錫也不惱，只是平靜道：「妳要說什麼？娘之前在家裡時就已經講明了，這宅子是四嫂的嫁妝，有什麼好說的？」

「當然要說，娘當初說時，咱們可不知道這宅子是這麼大的宅子……」早知道這宅子這麼大，她傻了才會答應。她算是看明白了，這劉家一大家子都是傻子，看人不準不說，還缺心眼。

可惜，劉錫並不能接上他媳婦的腦回路，只悶聲道：「再大的宅子那也跟妳沒關係。」

「怎麼沒關係？我是劉家的媳婦，家裡可沒分家，既然沒分家那就要公平，說好的三成就是三成，這宅子這麼大，憑啥只跟鋪子一樣算？我看應該按三個算才合適。」

「妳……」劉錫再沒想到他媳婦不僅精明還貪，且胃口這麼大，只覺得自己眼瞎看錯了人。「妳少不知足，這宅子鋪子可不是四哥賺的，那是四嫂賺的，人家侯爺都說了算是四嫂的嫁妝，按理一分不讓我們也說不了什麼。」

四哥、四嫂願意分一部分出來，已是夠大方的了。

「他們不過一說你就信了？四嫂也不過一個女人，見識還不如我，她如何能立那般功勞得這樣的好處？反正我是不信的，你們莫要哄我！」林氏死活說不通，她覺得金氏兩口子就是偏心，偏心四房，而劉錫就是個傻子，被人耍得團團轉。

「大房、二房、三房那邊我不管，反正我這份，我是不讓的！」林氏自負之前在狗蛋跟牛曉慧說親這事上，她剛剛立了功，有站著說話的立場，怎麼都不肯低頭。劉錫幾次想一巴掌過去，都忍住了，最後鬧得劉錫實在沒辦法只能去求助金氏。

「她真是那麼說的？」

劉錫無奈點頭。「都是兒子沒用，早知如此，當初就不應該……」

不應該做這門親。可誰又能想到林氏真實性子是這樣？之前兩人還沒成親，在鎮上，哪怕在掌櫃的默許下卻也不過能夠說上幾句話，那時候劉錫覺得林氏性子挺好的，金氏、王蓉等人見了也都覺得這個小姑娘性子好，誰能想到私下真正的性格是這樣？反正現在劉錫是後悔得要死，早知當初還不如娶個村裡的姑娘。

可現在說什麼都晚了，人都娶回來了，難道還能退貨不成？

當然不可能，兩口子過日子，哪有不吵不鬧的？遇到點事就不過了，那乾脆一個人過一輩子得了。

因此不等劉錫說出更多抱怨的話，金氏就道：「莫要說那渾話，你媳婦不過說道兩句，哪裡就至於這樣？我們家什麼時候有規矩連話都不讓人說了？」

「可您沒聽見她說的那些話，她……」

「行了，她的心思你娘我明白。」都是從小媳婦過來，誰不知道誰啊？「你去把她叫來，這事兒我跟她掰扯。」

很快，林氏就過來了。「娘？您找我？」鑒於這個時代婆婆對兒媳婦絕對壓制的地位，林氏對金氏這個婆婆還是有些怵得慌的。

金氏抬頭看了林氏一眼，點了點頭。「坐吧，我聽老五說，妳對之前娘做的一些決定有些意見？」

林氏有點緊張，當想著自己有理還是鼓足勇氣點了點頭。「我覺得娘不太公平，之前是您說的，家裡相公他們不管是誰賺的銀錢都要有三成充入公中。這次四哥得的宅子鋪子，這宅子我覺得太大了，一個可以算是三個鋪子。」

「所以妳覺得應該有更多的放到公中來是吧？」

「是。」

「好！那娘就來跟妳細細分說。當初規矩呢，確實是娘定的，也說得很明白。你們各房掙得只需要交三成到公中來，其他都是自己的，但是這個更多的是對老五他們幾兄弟說的，這個妳同意吧？」見林氏點頭，金氏繼續道：「那時候他們兄弟幾個賺的少，了不得也就幾兩銀子頂天，不像這一次，所以那時候妳可能也沒啥感覺。這一次涉及的東西太貴重了，妳才覺得心疼了……不過，到底這一次這宅子鋪子是怎麼賺來的，我想老五應該沒跟妳細說吧？」

「相公說了，說都是四嫂的功勞，但是我不信。」

# 第二十二章

金氏點點頭。

「妳不相信我也能理解，甚至娘還知道，妳之所以這麼不平、不甘心，更多的，其實也是覺得，妳才應該是咱們家五個兒媳婦裡面最厲害的那一個吧？結果老四他媳婦兒一下子賺了那麼多，妳心裡就不舒服了，娘說的對不？妳也不用不承認。妳跟老五成親前是個什麼性子，我跟妳大嫂、二嫂她們都到鎮上特意找人打聽過。妳當初剛嫁過來雖然有些傲，人情世故也都還做得不錯，跟我們之前在鎮上打聽到的大致相符……

「可自從老四媳婦能耐了，妳的性子就變了，跟換了個人似的。娘呢，私底下也不是沒想過是不是看走眼了。但想來想去，還是覺得人應該是沒看錯的。只是有的人，一時想左了，這想法就越來越左。就拿妳四嫂這次賺的這個宅子跟鋪子來說吧。妳覺得妳都沒這個本事，妳四嫂她一個還不如妳的，又怎麼可能有這個本事？

「可是事實呢，它就是事實。妳大概不知道吧？去年這個時候，妳四嫂整整忙了有一個多月，氣都沒喘勻幾口，見天的不是往鎮上跑，就是往老木匠家裡跑，費的那功夫多了去了。最後做出來的東西呢，妳娘我是個沒見識的，一開始還真不知道是什麼好東西，也沒見過。但是呢，它也就是巧，東西給妳四哥送過來，當即就叫妳二姐夫給瞧上了，說是好東西是失傳的古物。妳二姐夫送上去，剛好解了人家的大麻煩，這才有了後面這一切。所以說這些宅子、鋪子都是妳四嫂得來的，一點都不過分。從頭到尾家裡可沒幫上任何一點忙。」

「我還是不信，四嫂她就是個農家女，已經失傳的東西她怎麼可能會做？」林氏就是不肯認輸。

金氏也不勉強，只是嘆道：「妳不信又有什麼用呢？能改變事實嗎？還是妳覺得我們家還有誰能做出那東西？又要心甘情願的白讓給妳四嫂？」

都不可能。林氏怔怔的半天沒吱聲。

金氏覺得差不多了，也沒再窮追猛打，轉而語重心長的道：「妳跟老四媳婦都是我們劉家的兒媳婦，娘一貫一視同仁，妳們誰好、誰能力強，娘都只有高興的，萬沒有希望一個好一個不好的道理，可娘敢拍著胸脯說不偏心，妳敢跟娘拍著胸脯說妳沒看低妳前面幾個嫂子嗎？」

不敢。打內心裡，林氏就沒看上過前面幾個嫂子，覺得她們泥腿子出身，根本沒辦法跟她比，就是當初小定他們過滿月，她送上小衣服什麼的，也不過是為了個好名聲罷了。

當初兩家議親，她娘跟她分析劉家這門親事，說的也是。「劉家前面幾個兒子娶的都是村姑，連個像樣的嫁妝都沒有，我兒品貌俱全，又有嫁妝，還怕劉家人不高看一眼？」

還有她那些鎮上的小姐妹，說起劉家更是一句「不過是個土裡刨食的」。久而久之，她也就自覺高人一等了，自然受不了王氏壓在她頭上……

可是就像剛剛婆婆說的，站在她的角度，她跟王氏她們沒什麼兩樣，都是她的兒媳婦，甚至她還不如王氏她們，因為她們進門早，已經跟婆婆相處久了有了感情，還給劉家添丁進口，而她什麼都還沒有。她越想越發覺得自己之前蠢，一手好牌打了個稀巴爛，林氏急得汗都冒出來了。

再一想之前劉錫的態度，林氏哪兒還顧得上什麼宅子、鋪子？

「娘，都是兒媳的錯，兒媳、兒媳……」

「行了，回去吧，跟老五好好說，兩口子過日子，吵吵鬧鬧是常有的事。」

林氏感激的點頭，急急的尋劉錫去了。

打發走了林氏，金氏衝門口招了招手，王蓉赧然的抱著小定進來了。

真不是她故意在外面偷聽，實在是小定非要過來，她也不知道五弟妹在。

「奶奶……」

「哎，奶奶的乖孫，是不是想奶奶了？」這一路上，小定有很多時間都是金氏幫忙看顧的，因此小定對金氏很有些依戀，一聽奶奶問，小腦袋點得跟小雞啄米似的，手也伸得長長的要金氏抱。

金氏笑得合不攏嘴，連忙接過來，讓小定在她膝頭上坐著玩，林氏那邊她也沒跟王蓉避諱。「……她心思也不壞，就是有點想左了，我跟她絮叨了些，估摸著應該是想明白了。回頭妳見了她，也別有什麼想法。」

「娘放心吧，不會的。」

金氏笑著點點頭，老四媳婦她還是知道的，這人偏實幹型，話不多，嘴也嚴，是個好相處的，從她進門後，家的幾個媳婦都跟她好就能看出來。

當晚，一家人在二進正堂用晚飯。

李氏時不時的就拿眼去瞅一下林氏。看多了，自然就引起了別人的注意。

「二嫂妳看啥呢？」

「我看看五弟妹，妳說她是不是之前哭過，看那眼睛腫的。還有她今天怎麼不鬧騰了？」她還等著看戲呢。

王蓉哭笑不得的給了李氏一個胳膊肘。「妳還期望著她鬧啊？一家子和和氣氣的多好呀，非得鬧得雞飛狗跳的才好？」

「我可沒那麼想，是她自己非要鬧的。」李氏撇撇嘴，轉身給平平餵飯去了。一邊餵還一邊數落平平，又把飯撒桌子上啦，弄衣服上啦什麼的。

用完飯，一家人在一起簡單說了會兒話，主要還是劉鐵跟劉銀說了一下他們在外面做的事情。另外也說了一下陳軒對劉錫接下來的安排。「姐夫之前給我透過話。說是想讓老五先跟著商隊歷練一陣子，如果能歷練出來，以後就讓他自己帶隊。」

劉老頭點點頭，轉頭問劉錫。「老五你自己什麼個想法？跟著商隊歷練行嗎？」

「行啊，怎麼不行？」劉錫笑著點頭。他之前在客棧裡做小二的時候，就挺佩服那些南來北往的商隊的，也聽他們講了不少旅途中的驚險刺激故事，還挺嚮往的。現在自己能跟著商隊跑，他樂著呢。

「那就成，不過也要好好幹，不能給你姐夫丟臉。還有家裡的兩個鋪子，回頭老四也帶著老五去轉轉。收租的事兒也都交給老五。」

劉鐵點頭應了，這是他之前跟王蓉、劉老頭、金氏商量好的。

「老五，沒問題吧？」

「沒問題！」劉錫豪情萬丈的拍著胸脯保證，滿臉喜意。

金氏又扭頭去看林氏，許是之前那一番話真的把林氏給說通了，林氏竟然沒說什麼，還很高興的樣子。金氏滿意點頭，一家人本就該這樣，心往一處想，勁兒往一處使，哪有日子好不起來的？

接下來幾天，王蓉婆媳幾個，並劉杏花天天街上跑，張羅著給家裡添置東西。等家裡家外都理順了，已經小半個月過去了。一家人也漸漸習慣了林州這邊的生活節奏。

早上，劉鐵兄弟三個一大早就要出門去辦事。女人們起來做好早飯吃完洗刷完，就各做各的事情。王蓉還是做她的繡活，這裡繡鋪比較多，繡娘也多，競爭壓力比較大，好在做了那麼多繡活，王蓉的技術也練出來了，花樣又新鮮靈動，做出來的繡品倒是不愁賣，價格甚至比原來鎮上的還要貴上幾分。

李氏跟金氏忙著家裡的家務，因為不用下地，不用餵豬餵雞，得閒了，李氏、金氏兩個閒不住的還紛紛拓展了個副業。李氏在一個飯館裡幫人做一些打雜的，每天只需要中午過去幫工一個時辰就有十文錢，很是划算；金氏因著之前在家裡答應的給族裡二郎說親的事，真正成了半個媒婆，沒事就往外跑，東家長西家短的跟人聊天，打聽人家裡有沒有適齡的女孩子、男孩子。

這天王蓉正跟劉杏花在院子裡做繡活，大丫帶著小定、平平、陳晨幾個在院子裡做遊戲，金氏突然樂顛顛的回來了。

王蓉上前一問，竟然真的有人請金氏做媒。

「就是跟咱們隔了一條巷子的錢家，他們家大小子看上了街上賣糕餅湯家的小閨女，想要我幫著說合，說是成了還有謝媒錢……」

「錢家大小子？就是那個臉上長了滿臉疙瘩那個？那個怕是不好說吧？」王蓉出門少，對那個什麼錢家大小子沒什麼印象，劉杏花卻是見過幾次的。且那小子一臉疙瘩，讓人見了一次實在很難忘記。

「就是那小子。疙瘩不疙瘩的有什麼要緊？男人也不看臉。錢家家境殷實，人家小子又是個識字會算帳的，有正經營生，還是家中長子，多好的條件啊！」

條件是不錯。「可我記得湯家那小閨女是個看臉的……」她自己長得好看，就也想找個長得好的，要不然那麼標誌能幹的人兒，定是老早就訂親了，也不會到了十五都還沒說上親。

「那也得試試，人家好不容易託我一趟，這要是不成，以後妳娘我這半個媒婆，不就白叫了嗎？」

本來也不是真的媒婆，王蓉心下腹誹，面上卻是笑容滿滿的鼓勵金氏。「那娘就去試試，說不定就成了呢？」

金氏樂呵呵的點頭。「可不是？總要試過了才知道。」

為了能夠一舉拿下湯家小閨女，金氏當天晚上還在吃飯後來了個集思廣益，讓家裡人都給出出主意，男人們對這種事不擅長，不發表意見，李氏、林氏兩個能說的就多了。

這個說：「父母之命媒妁之言，從湯家小閨女的爹娘那邊入手，好生說說錢家大小子的各種好處，那湯家小閨女的爹娘肯定答應。」

那個說：「他家小姑娘家愛臉好的不如就給她找個臉長得好，卻一事無成的。兩個放一起叫她自己好好比比。俗話說不比不知道，一比嚇一跳，比完了，她自然就知道怎麼選了。」

這個反駁。「那萬一她就看上那個臉長得好看的了怎麼辦呢？」

那個又解釋。「她爹娘肯定不會答應啊！」

「怎麼就不會答應，這附近誰不知道湯家兩口子嬌慣小閨女，萬一那小閨女尋死覓活的，湯家不答應又能怎麼辦？」

說著說著，李氏、林氏倒是爭執起來了。

金氏趕緊制止。「行了行了，就是讓妳們出出主意，也不是給妳們自己家閨女說親，有啥好爭的？」

說完，轉頭又來問王蓉。「老四媳婦，妳有沒有什麼主意？」

王蓉想了想，給了兩個還算靠譜的法子。一個是叫錢家大小子去醫館找大夫看看，他那臉上的疙瘩能不能治好，若能治好了，這不啥問題都沒了？另一個，都說女人年紀大了容顏不再，男人不也一樣，再好看的臉也不過就這幾年，等老了，滿臉皺紋哪兒還能看出好看來？所以不妨就從這個角度說道說道，也許那個湯家小閨女能聽進去。

當然，如果對方是資深外貌協會那就沒辦法了。

末了，王蓉又提了提李氏、林氏之前出的主意。「兩個嫂子的法子我覺得也可行，娘不如看看能不能一起用，或許效果會好一些也說不定。」

最後，金氏到底怎麼跟湯家人說的，王蓉不知道，但一波三折的，這門親事竟然真的叫金氏給說成了。錢家、湯家為表感謝，還特意送了謝媒錢……

說成了錢、湯兩家的親事，金氏好像一下子在附近幾條巷子就出了名，以前是她上趕著去人家打聽各家適齡的閨女、兒子情況，現在是有人上趕著來告訴她，請她幫忙撮合，或是留意合適的。藉著手邊資源便利，金氏還真的替族裡包括劉小五在內的兩個族人說了門好親。

女方家都是附近幾條巷子的，家裡不是在街上有個鋪子，就是有些地，家境不能說多好，但也都是殷實小有資產的人家，且閨女自身條件都很不錯。

這一日，又有人上門，竟是看上了王蓉的堂妹王婷，來探探口風。

「是我那表姪子，父母雙亡，因為守孝就耽擱了下來，現下十八歲，也是個讀書人，家裡在落花城有一個小宅子一個臨街的鋪子……」

「落花城？」會不會有點遠啊？而且落花城現在跟他們應該算是分屬不同陣營吧？落花城現在還在朝廷手裡呢。王蓉覺得不太靠譜，想要讓金氏推了，晚上劉鐵回來，跟劉鐵隨便提了一嘴，沒想到竟然得到個意想不到的消息。

「你說落花城快成我們的了？」

劉鐵點頭。「算來這會兒應該已經打下來了。」只是這時代消息傳達比較滯後。

「那可真是大喜啊！」

劉鐵點頭，雖然與他們個人來說，利益不大，但既然跟著陳侯爺後面做事，又是這種造反的買賣。當然是陳侯的勢力越強大越好。如此他們將來，成功的機會才更高。

「那這門親事你覺得可做？」

「主要還是要看人，人好的話，倒也不是不可。不過嫁的遠，我們又不在身邊，總有顧及不到的地方，所以如果能夠就在林州找一個也挺好。」想了想，劉鐵又道：「妳先別急著定，回頭我跟姐夫提一句，看看他那邊有沒有合適的人選。」

若有，肯定比他們這樣找的好。

王蓉笑著點頭，又說起家裡幾個孩子的事兒。「第三進的宅子收拾好前些日子已經租出去了。租客是位書生老爺，那書生老爺家裡有幾個小姐，倒有跟小定他們一般大的。今天小定他們也是頑皮，竟然攀到牆頭上，還把人家小姐給嚇著了。好在對方是個知理的。」不然恐怕不好善了。

劉鐵聽了也是搖頭，可是出身經歷在那兒，讓他教導孩子，他還真是不行，也只能道：「前兩天剛好我聽姐夫說起給晨晨找開蒙師傅的事兒，回頭，不然等姐夫人找好了，我去跟姐夫說一聲，咱也把小定送過去得了。」

「那敢情好，也讓他跟著學點規矩，別整天家裡家外的亂跑。」

說完兒子教養問題。劉鐵突然上前把王蓉摟到懷裡，細語。「我看小定也不小了，咱們是不是再生一個？」

劉鐵並不是一個十分溫柔細緻的人，卻對王蓉足夠有心，之前在老家時還不覺得什麼，到了林州後，隔三差五的就會從街上給王蓉帶些簪子、耳墜、頭花之類的小東西回來討王蓉歡心。現下更是不得了，竟然連兩口子之間那事的花樣都變多了。

王蓉難免心下生疑，逮著劉鐵細問，被王蓉問得實在扛不住了，劉鐵才道：「姐夫叫我多跟身邊的人學學，我平時沒事了便總找他們閒聊，偶爾聊得開了就會說些葷話，他們說這樣女子那啥時會更舒服，我就默默記下了……」

從出發點來說，劉鐵也是好心，可是這苗頭卻得給扶直了，不然一不小心，劉鐵要是在外面給她弄個紅粉知己出來，那就糟心了。因此王蓉便道：「姐夫讓你跟他們學，是學本事，你可莫要學那些亂七八糟的，回頭鬧到家裡雞犬不寧……」

「不會不會，肯定不會！」之前他們就說要帶他去秦樓楚館裡見識見識，都被他給推了。雖然出來跟在陳軒身邊做事也有些時候了，可骨子裡劉鐵還是小農思想，一心想的就是老婆孩子熱炕頭，且王蓉又是他自己中意、稀罕的，兩口子平時各方面也和諧，他怎麼會有那多餘的心思？

王蓉笑著頷首。「沒有最好，咱們家小業小也養不起那起子人。這些日子娘在外面可是聽說了這附近不少事。但凡那家裡有侍妾通房的，都不安穩得很。前個還聽說，就我們隔壁巷子的，妻妾之間爭寵，把個好好的孩子都給耽誤了，生生燒成了傻子。還有那前街上開米糧鋪子那家，聽說他們家，先頭那個兒子就是被小妾給毒害了，後來他妻子也傷心病重去了，這才娶的現在這個，可到現在努力了這麼些年也沒能再給他生個兒子，大家私下裡都說這是報應呢……」

把劉鐵聽了直咂舌，心道：怪道最毒婦人心，這女人毒起來真是嚇人，幸虧他就中意這一個。

嚇唬完了劉鐵，王蓉也不忘給李氏、林氏都提個醒。

「弟妹不說我都沒想到，幸虧弟妹提醒，回頭等山子他爹家來，我也得好好跟他說道說道。」

林氏也連連點頭，她剛嫁過來不多久，自己到現在還沒懷上呢，要是真的讓外面哪個小狐狸精把劉錫給纏上了，那她得悔死。

幾個兒媳婦私下裡弄的這點事情自然瞞不過金氏。不過金氏也沒管，兒媳婦能管住兒子那是好事兒。她孫子、孫女都不缺，做什麼要家裡多幾個惹事的小妖精？再者，她這會兒正跟一個柳姓人家的老太太打得火熱，還真抽不手來管。

那柳家有個大孫女兒叫芳娟，面皮長得好，身材略有些圓潤，手上做事兒也麻利，還是個大大方方的性子，她想著說給狗蛋做長孫媳婦。可惜柳老太太到現在一直咬著沒鬆口。

「娘我看不行就算了。說親本就是兩家人的事兒，人家死活不同意，您這邊再使力也不成。再說了，這林州城那麼大，也不止她柳家一家有好姑娘，咱慢慢尋摸總能尋摸到好的。」

「是啊娘，咱們現在這樣上趕著，回頭就是娶進來了也不好相處。」輕不得重不得的，反而容易出事。

金氏嘆息一聲，也只能點頭。「對了，之前老四說請女婿給婷丫頭作媒的事兒咋樣了？」

「好像是有頭緒了，說是二姐這兩天得空過來再細說。對了娘，我之前聽小定他爹說，姐夫打算請個師傅給晨晨開蒙，我想回頭跟二姐說說情，把小定跟平平也都送過去跟著一起學，妳看可還成？」

# 第二十三章

「成啊！這有啥不成的？」

說曹操曹操到。王蓉她們話音剛落，劉杏花就過來了。

劉杏花也是個俐落的性子，不用王蓉她們開口，她自己就把給王婷找的女婿人選，以及打算讓平平跟小定一起去讀書的事兒說了。

陳軒給王婷找的女婿人選是他手底下的一個書佐，跟族長家的劉仁在一起做事，據說關係好像還不錯，叫周清。家裡兄弟三個，他是老二，父母都在，性格也都還不錯，不是難相處的那種。

「既然跟劉仁好，回頭不妨叫到家裡來吃頓飯，都看看。若是都覺得好，老四家的就給妳爹娘去封信，把親事定下來。」

王蓉自然笑著點頭，李氏、林氏也跟著積極張羅，沒兩句話竟然把預備請客的日子都定下來了。

「趕巧，我們到這兒這麼久了，還沒把你族兄他們湊一起吃過一頓飯，這一次正好大家都在，就一起過來熱鬧熱鬧。」

轉眼到了請客那一天，劉鐵下職後，特意去找了劉仁，兩個人簇擁著周清一起，一路上說說笑笑的到了劉家。

劉家的族兄弟也都陸陸續續回來，很快院子裡就熱鬧起來。

鄉人沒那麼多講究，王蓉、李氏、林氏又都是已婚婦人，也都出來給大家敬了杯酒。

因為王婷是自己的親妹妹。王蓉特意多打量了周清幾眼。看著倒是文質彬彬的挺有涵養、挺有禮貌的樣子，聽說話慢條斯理的模樣，應該是比較溫和的性子。又見劉仁確實跟他交好，王蓉便放了一半的心。劉家人的性子她還是知道的，都比較實誠，結交的人性格也都類似。

「怎麼樣？覺得如何？」一番看下來，金氏來問王蓉意見。

「我覺得挺不錯，不過是不是叫婷兒自己過來看看？萬一婷兒自己看不中……」她怕將來配出來怨偶。

「那就叫過來，正好不是還有一個菜沒上嗎？叫婷丫頭端過去，好好看看。」

王婷一開始還有一些害羞，不敢去。王蓉幾個只得給她細細分說嫁一個對的人的重要性。「咱們現在還只是相看，萬一妳自己看不中還能改。可要是定下來，到時候再發現什麼不妥的，那時候可就麻煩了。」

「是啊，一個弄不好，妳下半輩子可都毀了。」女人嫁人就是第二次投胎，這個時代可沒有過不下去還能離婚的說法。

「別怕，也別不好意思，這一院子裡這麼多人妳都認識，有啥好害怕的？妳就把菜端過去，瞄一眼就回來，也不費什麼工夫。」

幾個女人好一通鼓勵，幫著做心理建設，王婷咬咬牙總算是勇敢的邁出了那一步。只可惜兩人的這一次初見場面並不如想象中的唯美，相反還有些狼狽，因為王婷端盤子時有些緊張，胳膊僵硬，菜端到周清跟前時沒有端穩，有一些湯水灑在了周清的衣服上。

「對不起、對不起，我不是故意的。」王婷連連道歉。

周清好脾氣的笑笑擺擺手，以示沒關係，見王婷不好受，還反過來安慰王婷。「真沒事兒，這衣服本來今天回去也是要換下的。」

「可是湯水有油污，怕是不好洗。」若是洗不乾淨，豈不是廢了一身好好的衣服？王婷心下懊惱的不行，一著急眼淚就下來了。

周清還沒見過這麼容易掉眼淚的人，也不知道怎麼安慰，下意識就來了一句。「不然，妳幫我洗，洗乾淨了再還給我？」說完才覺得自己孟浪了，想要收回剛剛的話，卻見王婷已經破涕為笑點頭答應了。

倒是沒想到，這個世界上還有這麼容易滿足的人，周清心下起了一絲波瀾。

王婷跟周清的親事談得很順利。兩個當事人都不反對，親事很快就定下了。因為雙方年紀都不小，家裡想讓兩個人早點成親，婚期便定在了年底。

王婷訂親之後，陳家那邊也終於找到了合適的開蒙先生。平平跟小定開始了每天去衙門讀半天書的幼兒園生活。

可惜，一段時間觀察下來，王蓉發現幾個孩子似乎並不喜歡上學，也根本坐不住，有時候小定還會哭著回來告狀——被老師打手板了。王蓉一邊心疼，一邊開始挖空心思回想上輩子幼兒園小班的小朋友都在學什麼。

畫畫？唱歌？做遊戲？順便背兩首朗朗上口的古詩？

畫畫她肯定教不來，不然倒是可以跟小說裡寫的那些穿越者一樣去弄個圖畫識字的冊子也是不錯的。唱歌？這裡的歌她一首都不會，上輩子的，想想，能想起來的也寥寥無幾。

啊不對，她還記得一首「京口瓜洲一水間，鍾山只隔數重山，春風又綠江南岸，明月何時照我還」，之所以記得這麼清楚是因為小學時，老師是用唱歌的方式教著唱出來的。要不，她也找幾首詩編個調子，教幾個孩子唱？可是這個一首、兩首的還行，多了，她真沒那才華。至於做遊戲，她更不行，恐怕還不如這裡土生土長的孩子會玩呢……

絞盡腦汁想半天，全都不怎麼可靠，王蓉只能換個思路想。對，她記得數學九九乘法表，還記得一些簡單手工藝品的做法，像紮個風箏啊、做個簡易燈籠什麼的，這些可以教孩子們，王蓉怕自己等會忘了，趕緊記下來。

記完，王蓉再繼續想，一連想了幾日，總算整理出來一本薄薄的還算看得過去的小朋友教與學簡易版教材。教材內容很少，主要以九九乘法表、加減乘除，以及常見字，耳熟能詳的成語故事為主，至於旁邊的配圖，簡單的她就自己畫，畫不出來的，她就準備到時候帶著孩子們去看實物。其間穿插著大量的遊戲活動內容。想必教起來的效果應該會好一些。

果然，第一天實做下來，效果非常好，完全超出預期。尤其是成語故事以及遊戲活動非常受幾個孩子歡迎。

為了訓練孩子們的口語表達能力，王蓉叫他們將聽來的故事再講給其他人聽，幾個孩子也都非常樂意，金氏、李氏、林氏，甚至是劉鐵、劉老頭他們都被抓住當過聽眾。一開始講得磕磕絆絆的，後來講多了，竟然講得似模似樣的。

這天，陳軒下職後沒什麼事跟劉杏花過來接孩子，正好撞上幾個孩子在給金氏、劉老頭講王蓉今天剛給他們講的新故事——拔苗助長。

「……那人嫌棄苗苗長得太慢了，想著怎麼才能讓苗苗長得快一些呢？他想啊想，想啊想，終於讓他想出了一個辦法……他就動手把苗苗一棵一棵拔高……」

「然後呢？」

「然後苗苗就都枯死啦！」說完，小晨晨還故意咳嗽了兩聲，才小大人似的一本正經道：「這個故事告訴我們，做事情要遵循客觀規律、循序漸進，不能一味求快、急於求成。」

陳軒笑著點點頭，一副與有榮焉的樣子。

劉杏花用胳膊肘輕撞了陳軒一下，笑著道：「我說的沒錯吧？四弟妹是不是很會教孩子？晨晨之前說話可沒這麼俐落。」

「是。」這還不止，這些小故事裡還有些做人處事的道理，只是現在孩子還小，怕是領悟不了。不過也不怕，只要記在心裡，大了，自然也就懂了。只是這些，王蓉一個普普通通的農家女孩是怎麼會知道的？還有上次的手弩。陳軒一瞬間有了想要一探究竟的想法，最後還是理智的選擇了忽視。

算了，反正於他有益無害，就這樣吧。

另一邊，完全不知道自己引起人懷疑的王蓉，正在興沖沖的籌劃著將講故事這種遊戲向外推廣，以此來訓練幾個孩子的膽量。

為了讓更多的孩子能夠來參加，之前甚少出門應酬的王蓉，愣是央求著李氏、林氏一起幫她做了好些棗泥糕，又請金氏陪著一起拜訪了鄰近幾個巷子的所有人家，對所有孩子發出了聽故事的邀請。

古代娛樂活動少，但凡有什麼事情，只要時間允許，對自己又沒什麼壞處，大家大多都會參加。所以，到了準備公開講故事那一日，劉家著實來了不少人，滿滿當當的，一進那麼大的院子險些沒塞下。

一開始其他劉家人心裡也沒怎麼當回事，都當是王蓉小打小鬧的，現下見來了這麼多人，才開始重視起來。金氏、李氏、林氏幫著招呼，劉老頭也幫著準備小板凳什麼的。

「娘，我……我能不能不去講啊？」小定看著烏鴉鴉這麼多人有點害怕。

「嬸嬸，我也不想去。」平平也怕。

王蓉笑著沒應，扭頭去看陳晨，陳晨比小定、平平要大一歲。「陳晨，你呢？敢不敢上去？」

「我、我也有點怕……」說完，陳晨還不好意思的把小腦袋往王蓉懷裡拱了拱。

王蓉笑著摸了摸三個孩子的茸毛小腦袋。「乖，都是誠實的好孩子，不過也不用不好意思，我也有點怕怕的呢，這樣，咱們一塊上去，互相鼓勁好不好？我先來講，如果我講錯了，你們提醒我好不好？」

三個孩子連連點頭，有王蓉跟著，他們膽子好像就大了不少。

活動開始，王蓉帶著三個孩子站上了之前就搭好的臺子。

王蓉簡單的做個自我介紹。「我是劉家四房劉鐵的媳婦王氏……」然後就開始講她已經講過很多遍的「拔苗助長」、「亡羊補牢」、「井底之蛙」等等小故事。小故事講到第二個，小定他們三個已經漸漸不緊張了，等講到第三個，王蓉故意放了一點小錯誤，平平立馬就給指了出來。

「那接下來就平平來講，好不好？」平平一開始眼睛看著王蓉，下意識就答應了，等反應過來看著臺下有些害怕，又不好意思反悔，因為王蓉一直教育他們答應的事情就要做到，只能緊張的磕磕巴巴講了起來。

到底是自己熟悉的小故事，一開始平平還顧忌著下面那麼多人，講到興頭上就給忘了，越講越流暢。很快，陳晨、小定也加進來，三個人輪流一個人一個小故事，一直講了差不多一個時辰，講得口乾舌燥的才結束。下面的孩子還聽得不夠過癮，有的還叫囂嚷叫再講……

這一次講故事辦得很成功，結束後，儘管三個孩子講話講到嗓子都有些啞了，還是很興奮，一個勁的磨王蓉，讓她再辦一場。

王蓉笑著欲答應，卻叫突然進門的劉鐵給打斷了。「有了這一次，以後但凡家裡再要辦，大家聽到消息肯定自己就來了，也不需要再登門去請，只是遞消息的事兒就你們自己去弄吧，莫要再磨你們嬸子、舅母了。」

打發了幾個孩子自己去一邊玩，劉鐵轉頭又來板著臉訓王蓉。「見天只想著孩子們的事情，把妳自己都忘了，妳就沒覺得最近身子有什麼不爽利的？」

王蓉一臉莫名。「沒啊？沒什麼不爽利……」

話沒說完，王蓉後知後覺的總算反應過來了，她好像這個月的小日子還沒來？晚了有，一二三四五，五天了，她忙著講故事的事兒，竟然都沒注意到。

「應該不是吧？我身體好像沒什麼其他的反應，犯睏、早晨乾嘔，這些都沒有。」

「那也不一定，還是找大夫過來看看才放心。」萬一是呢？他可盼著有個漂漂亮亮的小閨女盼了好久了。

「那也不用你這個時候回來吧？」這個點，還是上值時間呢。

劉鐵一聽立馬一拍腦門。「看我這破記性，一瞧見妳把回來的正事給忘了。老家來信了……」

信是劉金寫的，先是說了下家裡的情況，一切都好，後面提了一件比較重要的事。姑奶奶家之前被拐賣的小閨女找到了，就在同福鎮，離同福寺不遠……

「也是造化弄人，當初妳爺爺帶著妳爹他們找遍了附近的幾個鎮子，同福鎮，離山凹里也不遠，當時也是細細找過了的……」

劉老頭還親自去過，只是不知道當時怎麼就錯過了。現下知道小表妹當初就在同福鎮，懊惱得不行。

當然現在也不是說這些的時候，畢竟該發生的都已經發生了。現在的情況是小表妹做了同福鎮馮家的侍妾，前些日子馮家的家主不幸沒了。現在馮家的當家夫人為了錢，要把小表妹的女兒，一個才十三、四歲的小丫頭，送去給一個老頭子做妾。

知曉小丫頭的年齡，王蓉莫名想起當年在同福寺曾見過的母女，微微一愣，才繼續細問。「族長的意思呢？」

從理法的角度來說，那孩子是馮家女，他們甚至說不上是正經外家根本就沒有說話的立場。可要就這麼看著好好的孩子被糟蹋了，又不忍心。姑奶奶跟這位小表姑相認的詳情劉金信上沒說，但既然相認了，現在對方又哭求上門，他們不管似乎也不好。

「族長的意思當然是能幫就幫。」畢竟是劉家的血脈。

可是怎麼幫卻是個大問題。那馮家雖然只是個地方鄉紳，但在同福鎮經營多年，也不是好惹的。且人家還占著理，這個年代庶出子女的姻緣本就在正妻手裡把著，馮家當家夫人的做法，說出去頂天了被人說道說道正室狠心，也沒其他的了。要是再傳出當初馮家家主在時小表姑恃寵而驕、飛揚跋扈，馮家家主寵妾滅妻什麼的，恐怕小表姑連弱者的同情都博不到。

劉家人一時間誰也想不出什麼可行的辦法。只能求助外援——向來以足智多謀著稱的陳軒。

陳軒並沒有給出什麼主意，只問了兩個問題。

其一，小表姑想要的是什麼？是僅僅毀了這門親事，還是什麼？其二，小表姑以後是怎麼打算的？小表姑在馮家這麼多年，只得了一個女兒，並無兒子傍身，若她想留在馮家了此殘生，自然女兒的親事只能任馮家當家夫人拿捏。否則，其實需要顧及的也就不多了。馮家雖是鄉紳，卻也不可能隻手遮天，需要顧及的地方也不少，只要拿捏好其中分寸軟硬兼施，要拿下並不十分困難……

因為姑奶奶家小表姑的事情，劉家好幾天氣氛都比較沈悶。劉鐵想往家裡請大夫給王蓉診診脈都被王蓉給攔了。「再等等吧，這幾天家裡事兒多，我這也沒點反應，等有了點反應再請不遲，現在請太早了，人家大夫也不一定能看得出來。要是鬧笑話就不好了。」

又過了幾天，王蓉終於早晨起床有了些乾嘔的跡象，劉鐵立馬歡天喜地的去外面尋大夫，一診脈果然是懷上了。

「好，好……」添丁進口，家裡大喜，之前的沈鬱氣氛自然為之一空。

「呼，總算是能好好喘口氣了！」這幾天家裡壓抑的她連大氣都不敢喘，林氏誇張的吐出一口粗氣。

金氏剛巧出來聽到了，沒好氣的翻個白眼。「想好好喘氣啊？那妳也給我懷一個啊！雙喜臨門，保證家裡的氣都是甜的……」

「娘，我也想懷啊，可那不是懷不上嘛。這也不是我想的啊。再說了，相公見天在外面跑，少則十天半個月，多的一、兩個月才回來一次，我往哪兒懷去啊？」她還委屈呢。

已然有了一次經驗，再次懷孕並沒有對王蓉的生活造成太大的影響，家裡一切也都不緊不慢的進行著，眼前唯一的大事恐怕就是劉錫跟林氏又鬧起來了。

上一次這兩口子鬧，是林氏太作的緣故。這一次卻是林氏在給劉錫洗帶回來的衣服時，在衣服上發現了胭脂印以及聞到了獨屬於女人的香粉味。

王蓉不知道如果自己遇到這樣的情況，會是一種什麼樣的狀態，反正林氏是當場就跟火藥罐遇到明火一樣爆炸了。

那天本來妯娌三個並王婷正在井邊一邊洗衣服一邊閒聊天，林氏突然扯著一件衣服站起來，然後轉身就往她房裡衝，接著那屋裡就傳來「乒乒乓乓」東西落地、撞倒、碎裂甚至尖叫、嚎哭等等各種聲音。

王蓉後知後覺的反應過來，跟李氏一起想要起身去看看怎麼了，走到一半被王婷給拽住了。「姐，這明顯的，兩口子在裡面幹仗呢，妳可別傻乎乎的往跟前去，妳這還懷著身子呢。」萬一磕著碰著了，算誰的？

李氏也不許王蓉進去，好在這邊動靜大，王蓉她們走這幾步的工夫，金氏、劉老頭也都從房間裡出來了。「怎麼了？怎麼了？怎麼又鬧起來了？」

王蓉幾個全都搖頭，不知道啊，太突然了，就是眨眼間發生的事情，她都沒反應過來到底怎麼回事。

剛這麼想著，就聽屋裡傳來林氏尖利的哭嚎。「劉錫你個沒良心的，我在家裡替你擔驚受怕的，吃不好睡不好，你竟然背著我在外面玩女人……」

「玩什麼女人？我什麼時候玩女人了？」

「還說沒有，沒有那這是什麼？啊？這是什麼？」

「我哪兒知道這是什麼？」

「這是胭脂，女人嘴上抹的胭脂，你沒玩女人，你衣服上的胭脂哪來的？」

「什麼胭脂？」劉錫覺得林氏不可理喻，胡攪蠻纏，好不容易回來一趟，一個安穩覺都不讓他睡，惱得想殺人。

林氏更覺得自己委屈壞了，轉頭看到金氏過來，立馬就撲到了金氏懷裡大哭。

「娘，妳要給我做主啊……」

王蓉之前也看過林氏哭，但那些分明有幾分做戲的成分，可是這次明顯能感覺到林氏是真的傷心了。想想也能理解，林氏一個女人在家孝順公婆，照顧家庭，晚上睡前估計還要牽掛著在外面丈夫的安危，好不容易盼著丈夫回來了，夫妻團聚，卻遭受這麼大的打擊，林氏能不傷心才怪了。這是直接之前自己給自己編織一切的美好憧憬全都破碎了啊。

# 第二十四章

林氏哭得傷心，金氏自然要先安慰兒媳婦，且從剛剛兩口子吵架的寥寥數語中也大概能勾勒出事情的經過。

只是她還是不太相信她親自養大的兒子，會做出這樣的混帳事。當然，也可能是出於本能的偏心，在兒子跟兒媳婦之間本能的選擇了偏兒子。但該問的事情還是要問清楚的，如果她兒子真的做得不對，她也不會姑息。

「老五，你跟娘老實交代，你在外面是不是出去胡鬧了？」

劉錫自然是不承認的，他沒做的事為什麼要認？

「那那個胭脂印是怎麼回事？別想要糊弄你老娘。你娘我吃過的鹽比你吃的飯還多。」

「我真沒……」被金氏看的頭皮發麻，劉錫終於承認。「我確實去了一趟杏花樓，可我那是正經去談生意，再說也不是我一個人去的，整個商隊都去了……」

「就去了一次？」

「兩、三次，但是我真沒做什麼，娘。」

現在是沒做，可保不住以後不會做點什麼，都是男人，哪裡不懂男人的那點劣根性，再說這兩口子現在關係又不怎麼好，這樣下去出事是遲早的，劉老頭搖搖頭。

「這次商隊出去，你就別跟著出去了，等下我就去找女婿，給你換個活計，若是沒有其他合適的活計，你就暫且在家裡待著。」

「爹！」這次輪到劉錫驚叫了，他現在幹得好好的幹麼要換？可惜劉老頭並不管他如何，轉身出門去了，劉錫想要去攔又不敢。須臾，金氏看看他也走了，還把林氏也給帶走了，只留下句話叫他好好想想。

兩個老的都走了，王蓉、李氏、王婷更不可能留，且井邊的衣服還沒洗完呢。只是這一次誰也沒了悠悠哉哉洗衣服的心情。「唉！當初還不如不出來呢。」如果不出來，也不會發生這麼些事，老五跟林氏兩口子說不定還是好好的。

王蓉沈默沒吱聲。

好半天，李氏嘆了口氣又道：「弟妹，不怕妳笑話。我這心裡其實也是不安的很，以前在村裡妳二哥就是普普通通的農家漢子，也不會想著怎麼收拾。現在不一樣了，大小也當了個小管事，時間短還不顯，這時間一長，身上竟也有些官威了。嫂子我以前跟妳二哥說話，隨意的很，有時候不高興，給他甩臉色，他也會哄著，現在竟然不敢跟他大聲說話了……」兩口子雖然感情還是不錯，可相處起來總是覺得有幾分彆扭。

「嫂子想這些做啥？人不還是那個人？以前怎麼對待，現在怎麼對待就是了。即便是一時不適應，時間長了自然就好了。再有什麼，嫂子也不用憋心裡，只管告訴二哥就是了，兩口子之間，有什麼話不能攤開來說的？」這樣彆彆扭扭的反而容易出事。

「這樣好嗎？」李氏半信半疑。

王蓉笑著點頭。「嫂子儘管跟二哥說，定不會有什麼不好的。」兩人感情又沒問題，之前不大柔弱的妻子，突然表現出脆弱的一面，丈夫一般會更心生憐惜才是。

另一邊，有金氏的安撫跟主持公道，林氏終於不哭了，可是神情還是懨懨的，一副沒精打采的樣子。

金氏雖然心知她委屈，卻還是有些看不慣她這一副要死不活的樣子。「又不是天塌下來了，做什麼這樣？難道日子就不過了？行了，我這做婆婆的今天也伺候妳一回，趕緊過來洗把臉，打起精神。人這一輩子哪個不是風風雨雨都經歷過？哪有那麼平順的。」

「娘的日子就很平順。」下面兒子、兒媳孝順，公公也體貼，她嫁過來也有些時日了，就沒見公婆紅過臉。

「那只是妳看到的，妳沒看到的難過日子多了去。我初嫁到老劉家那會兒，日子比妳難過多了，妳那幾個伯娘、嬸子可沒妳這幾個嫂子那麼消停、好說話。」

那會兒妯娌之間各種勾心鬥角，心都累，還不能賺體己銀子，所有的都是公中的。懷孕其間想吃個雞蛋都要申請，生病了想要錢請大夫抓藥，要去跪求。

尤其是大姑家的小表妹被拐那一段日子，簡直堪稱黑暗，那時候她還懷著老四，胎又有些不穩，老二、老三也都還小，丈夫每天要跟著公爹出去找人，不著家，她一個大肚婆，家務活一樣不能偷懶，還要照看幾個小的，趕巧又趕上劉桂花出疹子，那段時間她偷偷的不知道哭了多少次，生老四的時候甚至都是早產的，所幸還算幸運的是老四身子骨並沒有怎麼不好，不然……

也是因為自己當初的經歷，所以自打老大媳婦進門，金氏不僅沒有磋磨兒媳婦，還會允許各房自己存私房，只是不想讓她們跟自己之前一樣那麼苦罷了……

金氏搖搖頭，將自己過去那些苦難日子重新埋回記憶深處，再抬頭去看林氏，總算，看著眼神裡似乎有了些神采。金氏心下鬆了一口氣。「行了，回去吧，說話好好說，慢慢說，脾氣不要太急，老話說兩口子床頭吵架床尾和，沒什麼過不去的，啊？」

林氏訥訥點頭，終是起身回房去了。這一次，兩口子沒再鬧起來。

午後，平平、小定、晨晨三個從衙門過來接受王蓉的課外輔導教學，劉老頭也跟著他們一起回來了，臉上看不出有什麼。
直到晚間，劉鐵他們都下值回來了，劉老頭才咳嗽兩聲，把幾個兒子，大一點的狗蛋、狗娃、山子都叫到一起開始訓話，大概意思就是雖然幾個兒子託陳軒的福，現在當了點小官卻不能驕傲自滿，要更加嚴格的要求自己。
「女婿說了，那個什麼身正，什麼從，你們要給下面的狗蛋、山子他們做好榜樣，不能讓他們跟你們學壞了。所以從今兒起，除了之前族裡說的禁賭我再加一個，那就是凡事我的子孫，不得出入青樓，嫖娼就不說了，哪怕只是喝花酒也不行。之前沒說，那是咱們家沒那個條件，也去不起那種地方。」
普普通通的農家漢子，找活幹都來不及了，誰會往那種地方鑽？
「現在家裡條件稍微好一點了，你們也出息了，這一條就加上。我先說好，之前的就算了，以後不管是誰，敢出入那種地方，直接出族！別跟我說什麼公事需要，我不聽這個，你要麼不要去，要麼就出族，只有這兩條路，聽明白沒？」
「明白了。」
雖然不知道劉老頭怎麼突然提到這個，劉鐵、劉銀包括狗蛋幾個還是乖乖點頭答應了。
只有劉錫，心裡還是有點不舒服。

「老五，跟我一起走走。」

大晚上的，外面天都黑了，劉老頭揹著手走在前面，劉錫趿著鞋子跟著。

「是不是心裡不舒服？覺得自己沒錯？覺得委屈？」

劉錫沒吭聲，好半天才嗯了一聲，似有若無，若不是夜裡周圍安靜，都不一定聽得到。

劉老頭搖搖頭。「還是太年輕啊！」

「爹，我不年輕了，我已經成親了。」劉錫反駁。

「行啊，那你說說，你到林州這幾個月來做的這些個事，有多不年輕？你這幾個月一直在外面跑，學到了什麼？往家裡回了幾次？可給家裡帶回了什麼？可給你媳婦帶了什麼花兒朵兒？可有孝順你爹我或是你娘？可有問過我們兩個老的一句冷了還是熱了？前些日子你娘身子有些不好，在床上躺了兩天才下床這個你知道嗎？」

劉錫半天沒說話，也不知道該怎麼說，因為他爹說的這些他確實都沒做到。

劉老頭年紀大了，說話一急便有些後繼無力，緩了一會兒換了幾個呼吸才又繼續道：「這些你沒做到的，你大哥、三哥不在跟前且不說，你二哥、四哥卻是都做到了。早之前，你不就說過羨慕你四哥跟你四嫂之間的關係嗎？還說過將來娶媳婦要娶個跟你四嫂那樣的……」

「是，可林氏她不是四嫂那樣的。」她要有四嫂一半賢慧，他也不會……

「那也是你自己要娶的，你當初要不同意，我跟你娘難道還要逼你不成？再說了哪家娶媳婦有你跟你媳婦那樣的，成親之前還在一起處了幾年？彼此知道性情脾氣？就這樣你還不知足？」

說累了，劉老頭找了塊旁邊的大石頭坐下，繼續說：「你覺著林氏再不好，她一個做兒媳婦、做弟媳的本分她總是盡到了，你出門在外，是她照顧著我們兩個老的，你娘病的那兩天，湯藥都是她熬的。是，她之前性子是有點左，你娘也說她了，這不是已經改得差不多了嗎？咱總不能死盯著人家的錯不是？你從小到大也犯了不少錯，還跟人去人家園子裡偷過瓜，你爹我有抓著不放嗎？」

「那都是幾輩子的事情了？」劉錫嘀咕。心裡卻看開了些，好吧，知錯能改善莫大焉，如果林氏這次真的能改了，他就……

就怎麼樣還沒想好，劉老頭就一巴掌呼了過來。「再說了，一個巴掌拍不響，你們兩口子如今這樣，難道就是林氏一個人的事？你捫心自問你就沒點啥問題？你要是能像你四哥那樣，沒事買點吃的玩的回去哄哄你媳婦，或是像你二哥那樣體貼點，你媳婦會變那樣？」

應該不會吧？他媳婦好像還挺好哄的？劉錫不確定的搖搖頭。

「知道自己錯哪兒沒？」

「知道了知道了。」被劉老頭一番連敲帶打，劉錫之前心裡的那點不舒服，以及對林氏的怨懟早消散得差不多了。

又聽劉老頭把兩口子過日子要相互扶持、理解、包容什麼的大道理囉嗦囉嗦，等到回到家裡，再面對林氏，劉錫雖然還是有些彆扭，卻已經沒有那麼疏遠了。

「咳咳！那個，聽爹說，之前娘病了，都是妳前前後後照顧，又是熬藥、又是伺候湯水什麼的，辛苦了。」

林氏沒想到劉錫會說軟話，原先就預備了說不得等劉錫回來兩人又要吵一架，結果沒按她想的劇本去演，一時沒轉過來，好半天才略有些生硬的回道：「不辛苦，不辛苦，都是應該的，相公也辛苦，我去給相公準備洗腳水……」

劉錫跟林氏磕磕絆絆的總算是和好了，一家人包括王蓉在內都大大鬆了口氣。

九月，十月，金氏又連著幫劉氏族人牽了兩根紅線，哪怕狗蛋這邊依然沒有著落一家人也都很是高興。

十一月，林氏爆出懷孕，劉錫簡直高興得要暈了。

初初知道將為人父，那暈暈眩眩的感覺很難用言語來形容，但劉錫兩口子之間的感情迅速回溫卻是事實。

王蓉在邊上看著劉錫、林氏這過山車似的感情，也是不得不感嘆，不管是哪個時代，果然孩子都是維繫兩個人感情，讓兩個人感情更加親密的最好的紐帶。

老五兩口子徹底和好了，家裡立馬又恢復了平順。不，不僅僅是平順，是越發甜蜜熱鬧了。劉家男人不知道是不是突然打通了任督二脈，突然都開始知道往家裡帶點好吃的、好玩的回來討好媳婦了。

以前劉鐵一個人做還有些偷偷摸摸的，現在兄弟三個一起就都直接放到明面上來了。

金氏瞧了也不惱，反正花的都是他們各房的私房錢。

反倒幾個兒媳婦偶爾會有些不好意思。

其間，陳侯繼拿下落花城之後又一鼓作氣拿下落花城一線三座大城的消息傳來，陳軒大喜，難得的多發了一個月月錢，三兄弟一商量，乾脆全家一起上一次館子，到林州城最好的酒樓醉仙樓定了兩桌，並叫上陳家幾口人，痛痛快快的大吃了一頓。

「不愧是全林州最好的酒樓，這菜色當真是做得好！」吃得他們這些沒見過世面的險些把舌頭都要吞下去了。

王蓉等人附和著點頭，雖然王蓉、林氏兩個是孕婦，吃東西有些忌諱，大部分卻都是能吃的，而且醉仙樓這樣的大酒樓生意能做的好，自然是各方面都服務周到的，竟然還有專門的孕婦餐。

若不是荷包實在吃緊，王蓉都恨不能一日三餐都在這解決了。

在醉仙樓用完飯，一行人又在街上逛了逛，王蓉挺著個大肚子不方便，不多久就累了要先行回去，小定卻還想玩。

於是一群人兵分兩路，王蓉跟同樣想要回去的金氏、劉老頭一道往回走，其他人繼續興沖沖的去逛街。直逛到王蓉都睡了一覺又醒了才回來。

「睡著了？」

劉鐵點點頭，小心翼翼的將懷裡已經睡熟的小定放到旁邊的小床上。王蓉揉揉眼想要從床上起身給孩子用溫水擦擦手腳，被劉鐵給攔了。「我來就行，妳就別折騰了，妳繼續睡妳的。」

王蓉點點頭，她現在覺確實多，總覺得睡不夠，見劉鐵做得似模似樣，她迷迷糊糊的轉個身很快便又睡了過去。

王蓉再次醒來，已經是第二天快巳時了。

「妳可算是醒了？鍋裡特意給妳溫著肉粥、蛋餅，回頭冷了就不好吃了。」

李氏正在井邊洗衣服，見王蓉端著木盆出來打水，起身給搭了把手。

王蓉笑著道了謝，這才問起家裡其他人。劉鐵兄弟這個點應該是上值去了，小定幾個小的上午要去陳家那邊讀書，可家裡還有其他那麼多人呢？怎麼都沒見？

「都出門了，上值的上值，上學的上學。其他的，爹跟老五、狗蛋出去打聽消息了，娘跟婷丫頭去布莊選布料去了。」王婷的親事定在臘月，眼瞅著沒多少日子了這嫁妝可不得趕緊置辦起來？可王家二叔、二嬸又不在跟前，只能託付給王蓉這個堂姐來把持，可王蓉現在又是雙身子，金氏為了王蓉肚子裡的大孫子也只能頂上。

「打聽消息？打聽什麼消息？」

「昨天妳回來的早不知道，昨天夜裡東城外不知道哪裡走了水，把個什麼廟給燒了，也不知道有沒有燒到人，反正燒紅了半邊天，看著怪嚇人的，爹帶著老五他們過去看看有沒有什麼能幫忙的。」

王蓉點點頭，端著木盆正準備往回走，沒走幾步剛好跟頂著個雞窩頭出來的林氏撞上。

王蓉下意識腳下一頓，李氏也突然反應過來，她剛剛好像把林氏給忘了，這就尷尬了。所幸，林氏是剛醒，並沒有聽到她們之前說的話。

等王蓉這邊洗漱完，李氏那邊已經洗完、晾好衣服出門去酒樓給人幫忙去了。家裡只剩下王蓉和林氏兩個孕婦。

孕婦跟孕婦之間還是比較有話題可聊的，尤其林氏是新手媽媽很多東西都不懂，東問西問的，兩個孕婦聊聊孕期各種注意事項，憧憬一下將來孩子長什麼樣，是男是女，很快一上午時間就過去了。

「娘，妳們回來了？」金氏幾個回來時，王蓉正跟林氏一起在廚房裡做午飯。看著金氏她們手裡大包小包的拿著不少東西，妯娌兩個忙起身來迎。

還要幫著拿東西，金氏擺擺手。「行了行了，不用妳們，這東西沈，回頭傷著我大孫子……」

王蓉、林氏這才作罷，又去舀水，拿毛巾給金氏幾人擦臉。現在是臘月，這邊的天氣雖然沒有山凹里那麼冷，卻也要穿著棉襖的，金氏幾個卻熱得一頭汗。

王蓉怕回頭冷風一吹再給弄病了，忙不迭的又去煮薑茶，剛煮好，劉老頭、狗蛋他們也回來了。

「怎麼樣？燒得嚴重嗎？」

「別提了，連著一片都燒沒了。」

「那人？」

劉老頭沒吱聲，還是跟著的劉錫答了。「當時借住在廟裡的人不少，所幸發現的早，除了幾個睡得死的、腿腳不靈便的，大多都逃出來了，只是那些人現在如何安置卻是個大問題，我們過去時，官府的人正在施粥，旁邊臨時搭了兩間避風的茅草屋，但我看著還是冷得很……」

晚上劉鐵回來後，也提了城外廟裡火災的事。「因為這個，今天一天，姐夫連口水都沒喝上，現在天又冷，姐夫為了讓人騰出些地方來安置這些災民，嘴皮子都要磨破了。」

「不能直接在空地上建些土房子給災民住嗎？」

「傻話，現在是什麼天氣？地上的土早都凍硬了，怎麼可能挖得動？」

好吧，王蓉一拍腦袋，是她太想當然了。「那也不用一家一家去勸吧？找個大戶借個莊子不也就安置下了？」應該之前借住在廟裡的也沒那麼多人吧？

這次金氏、劉鐵還沒開口，林氏就先看不下去了。「話說的倒是輕巧，那人家憑啥借妳啊？再說，那些人既然之前都去借住廟裡了肯定是窮得租不起房子的，難道換個地方就付得起租金？這一折騰，飯都得給他們一併解決了，這又是吃又是住的得花多少錢啊？那人家又是憑啥？再說了，萬一這些人到時候不願意走了，死賴著又怎麼辦？」

這些確實是問題。

「還不止這些，其實要說宅子，哪兒都能湊出幾間屋子來安置他們，只是這宅子讓誰出也是一門學問，再有安置並不就完了，後面還有一堆問題……」

好吧，看來是她把問題想得太簡單了。怕又丟臉，王蓉沒再吱聲了。

# 第二十五章

後面，家裡人也沒再發表什麼看法。劉家這一大家子都不是什麼聰明人，這種事情，除了劉鐵要跟著陳軒跑跑腿幫幫忙，其他人也只能當成八卦作為一下談資，其他的什麼都做不了。

接下來幾天，街頭巷尾都在議論這一場大火，為了防止這種事情再次發生，陳軒下了全城宵禁令，天黑後巷子裡負責打更巡夜的人手也都多了幾個。

這種情況一直持續到臘月王婷出嫁。

王婷出嫁這天，作為王婷在這邊唯一的親人，王蓉自然是要出面的，只是她現在肚子也大了，委實不太方便，便請了金氏、李氏代為張羅，她只坐著幫忙招呼客人。

好在，劉家在林州這邊認識的人也不多，這次登門的大多是劉鐵、劉銀他們的同僚家眷以及同一個巷子的鄰居。不管心裡如何想，面上大家還是能體諒她這個大肚婆的辛苦。

熱熱鬧鬧的送走了對未來憧憬又忐忑的堂妹，看著堂妹上了花轎，又看著劉氏眾多族中兄弟一路護送到周家去，王蓉才轉身回房歇息。

這兩天為了堂妹的婚事，她真的是累壞了，身子靠在床邊上，不多會兒就睡了過去。再醒來，已是躺在床上，身上還蓋著被子。外面天已經黑了，劉鐵正帶著小劉定在外間靜悄悄的練字。

「醒了？」

劉鐵寫了幾個字，習慣性的往內室看，一眼就看到了虛靠在屏風上的王蓉。

王蓉見被發現了，笑著走到劉鐵跟前。「什麼時候回來的？周家那邊結束了？」

「結束了。放心吧，一切都很順利，我看周家那邊對這門親事也是滿意的。」

王蓉點點頭，轉頭看向還在認真描紅的兒子。「寫了幾張了？」

「這一張就寫完了，寫完了就叫他休息。」劉定現在還小，他們也沒想著給他佈置太多功課，但是這個時代講究字如其人，沒有一手好字，將來出仕做官都麻煩，所以才早早叫劉定練習描紅，就連字帖都是劉鐵特意尋陳軒幫忙找的，據說還是什麼名家字帖。

不多會兒，劉定這一頁描紅寫完，抬頭看到王蓉，立馬歡喜的撲過來撒嬌。「娘，我能不能少寫幾張大字啊？寫得定兒手都疼了。」

「定兒手疼了？那娘給揉揉，揉揉就不疼了，啊？」卻絕口不提少寫大字的事兒，

劉定雖然人小，卻並不笨，哪裡還不清楚大字依然要寫，卻又捨不得他娘的細語撫慰，

只得拿小眼去瞅他爹。劉鐵只當沒看見。看了幾次，見他爹一直都不看他，劉定終於死心了，眼珠子一轉，轉頭趴王蓉耳邊去跟娘親告他爹狀去了。

「真的？」

「真的，真的。」劉定小腦袋直點。「我跟晨晨哥哥、平平哥哥親耳聽到的。」

王蓉眯了眯眼，瞅了眼旁邊悠悠哉喝著茶的劉鐵。「好，娘知道了，待會兒就收拾你爹。」

小劉定聽了立馬笑眯了眼。

再晚些哄睡了小劉定，王蓉就開始了三堂會審。「聽說你前日去金屋藏嬌了？」

「什麼金屋藏嬌？」劉鐵一開始沒反應過來，後來想到之前母子兩個咬耳朵，劉定那小子走時還笑得賊兮兮的，一副幹了壞事的樣子，才搖搖頭無奈道：「妳別聽那小子胡說，什麼金屋藏嬌？不過是之前陳侯賞了姐夫兩個女人，姐夫讓我幫他在外面找個地方安置一下。」

「陳侯賞的女人？姐夫難道還想養著外宅？」

「妳想哪兒去了？只是找個地方叫她們待著，日後自然會再賞給其他人做妻或是做妾。之前也不是沒有過……」

「這不是陳侯第一次賞人下來？」

「自然不是。」

王蓉真不知道該說些什麼了？「一直都這樣也不太好吧？」

劉鐵點點頭，是不太好。「姐夫也說了，現在還沒什麼，只若有一天那一位真的上去了，這樣的事情就做不得了。」誰敢推辭不受天子的賞賜？

這也是古代女人的悲哀之一，丈夫沒本事護不住妻兒，丈夫有本事又一堆人往丈夫這送女人……

兩日後，王婷、周清回門，王婷臉上帶著新嫁娘的嬌羞，明眼人都看得出來過得不錯。王蓉也是鬆了口氣，堂姐嫁堂妹，雖然得了二叔、二嬸的授權，她身上的壓力也是不小的，畢竟從山凹里到這裡，千里迢迢的，萬一嫁得不合意，她的罪過就大了。

忙完了王婷的親事，劉家這個年過得真是喜事連連，趕在臘月二十八這天，老家的信到了。

上次的一封信之後，劉老頭、金氏都一直記掛著姑奶奶家小表姑的事情，這次信上總算是有了最後的結果。

「事情解決了，小表姑已經帶著女兒從馮家脫離出來，以後婚嫁自主……」

「事情是怎麼解決的？」

「這事說起來也巧了。大哥說族長想了很多辦法，去了馮家好幾趟拜訪，又找人從中說合，甚至提及願意花錢將小表姑母女贖出來，馮家那邊都不願意放人，還把小表姑那個女兒出嫁的時間提前了。族長得知消息，連忙帶著劉氏族人去攔，眼看一場械鬥就要開始，剛巧叫回來有事的仁傑給撞上了。當時仁傑手裡帶著幾百號兵將，都是剛從戰場上下來的，一個個凶神惡煞的，那馮家一見，哪裡還敢說什麼，當即就老老實實的拱手讓仁傑把小表姑母女帶走了……」

「那後來呢？後來馮家也沒上門找事嗎？」

「一開始是想找的，可是族長做主，將小表姑那個女兒許給了董家三房長子，仁傑的堂弟董仁新，他們畏懼仁傑回來報復，自然也就只能吃了這個啞巴虧。」

至於以後怎麼樣？就要看是東風壓倒西風，還是西風壓倒東風了，若是劉家、董家能一直壓著馮家，自然這事也就這樣了，但要是劉家、董家有一天出事了，馮家多半也不會放過機會把這一次的仇給報回來。

不過，雖然開罪了同福鎮的馮家，但小表姑母女能過得好，家裡還是很歡喜的。這不，還沒過完年，金氏就籌劃著要給小表姑的女兒送添妝禮了。弄得王蓉等人哭笑不得。

「娘，總得過些日子，不說過了元宵，總也得過了初十再讓人家送東西上路吧？現在外面天寒地凍的，路上可不好走。」

「是啊，娘，那邊親事定在五月呢，晚點送回去也來得及的。反倒小五他們幾個的親事就在二月、三月連著，時間上有點緊。」

金氏一想還真是，急急的又去忙幾個族姪、族姪孫成親的事。

宅子的事，訂親之前都商量好了，婚事都還是在劉家這邊辦，等成親了，再慢慢置辦宅子搬出去住，因此倒不用著急。可家具擺設、酒席訂製、吹打班子這些卻是都要提前弄好的。

家裡還有兩個孕婦要操心，王蓉二月份就到預產期，要提前尋好信得過的產婆，金氏整個正月忙得腳不沾地，請宴都不知推了多少家的。總算趕在二月初，族姪大婚的前事兒都弄好了、理順了。

然後就是娶親。金氏五個兒子，再是繁瑣的事兒，經了五遭，那也熟得不能再熟了，唯一的小插曲就是，王蓉趕在新郎官迎娶媳婦進門、剛剛拜完堂送入洞房的時候，要生了。

「這孩子可真是會趕時候！這是想著蹭蹭他族叔的喜氣呢！」金氏笑著一邊搖頭吩咐劉鐵抱王蓉去產房，一邊忙不迭叫人去請產婆。

「要我說是小姪子懂事才是。」這會兒是都忙得差不多了，就差最後一道送客，這要是提前那麼一點要出來，那才是鬧騰呢。

眾人一聽，紛紛笑著點頭，確實是懂事，還沒從肚子裡出來呢，就知道不給家裡添麻煩。

不管是哪個年月，生孩子對孕婦來說都是一件非常痛苦、煎熬的事情，哪怕是生二胎，比之第一胎順利了不少，王蓉卻也還是差點疼得背過氣去……

產房外，劉氏族人還要在前院那邊幫忙招呼客人沒有過來，自家人除了林氏被安排去照顧小定幾個孩子，其他人包括回來幫忙的劉杏花都在產房外守著。劉鐵不安的來回踱著步。

「老四，你就別來回倒騰了，晃得我這心裡直發慌……你要實在閒不住，喏，那邊有柴火，跟你二哥一起劈柴去。」劉銀、劉老頭兩個這會兒就一個在角落裡劈柴，一個在牆根蹲著呢。

「劈柴就算了吧？」就他現在手抖成這樣子，他怕一個不小心再失手劈到他自己，

「我，我還是去練字吧？」

「行行行，你想幹啥都行，只別在這杵著就行。」金氏趕蒼蠅似的，揮揮手把人趕走了。

「娘，四弟妹不會有事吧？」上次王蓉生孩子時，李氏自己也在產房裡，還真不知

道王蓉生孩子的情況。可她記得自己生幾個孩子時的情況，那疼得真是哭天搶地的。現在產房裡卻是靜悄悄的，沒丁點動靜，她是真的有點擔心。

金氏鎮定的搖搖頭。「放心吧，沒事的。老四媳婦這是知道要攢著勁兒，回頭真到生的時候才好生，都像妳們那鬼哭狼嚎的，把力氣都嚎沒了，還咋生……生了？」

嬰兒的清亮啼哭聲傳來。

劉鐵手裡的毛筆啪嗒一下掉在地上跑過來。「娘，媳婦是不是生啦？」

「是生了，生了。」金氏一張老臉樂成了一朵菊花。

正說著產房裡產婆也已經把孩子收拾好，抱著一個大紅襁褓出來了。「恭喜恭喜！夫人生了個健康的小公子，母子平安。」

「好，好，好！」家裡今天本就有喜事，如今兒媳婦又添丁，還生得這麼快這麼順利，劉老頭樂得一個勁喊老二給產婆喜錢。

喜錢給得多，產婆也高興，好聽話不要錢的往外掏，直把劉家這個新得的白胖大孫子誇成了天上人間少有的富貴花……劉老頭竟然也樂呵呵的接著。

「媳婦，妳沒事吧？」外面熱熱鬧鬧的看新生兒，劉鐵趁人不注意直接溜進了產房。

產房裡雖然已經收拾過，還是有一股濃郁的血腥味在，再看床上王蓉一張臉慘白如雪，雙目緊閉恍如已經斷了生機一般，一瞬間劉鐵心疼得眼淚都要下來了。

王蓉抬了抬眼皮，想要給劉鐵打個招呼，結果身體只動一下就牽扯到了傷處，疼得她一聲悶哼。

劉鐵趕緊擺手。「妳別動，妳別動，妳好好休息，我在這守著妳。」

王蓉確實也累了，微微點點頭，很快便睡了過去。

王蓉睡熟後，劉鐵上前給王蓉撫了撫被子，又吻了吻王蓉的額頭，這才拖了個凳子到床頭，在床邊坐下，把玩王蓉露在外面的右手。

金氏進房看到，忍不住念叨。

「多大的人了，還玩？還不把你媳婦的手放被子裡？這剛生完孩子的女人身體虛的呢，可禁不得凍。」萬一凍出毛病來，以後可有得罪受。

「娘？放心吧，沒事的，屋子裡燒著炭呢，不冷。」說是這麼說，劉鐵還是老老實實的將王蓉的手塞到了被子裡，又把被子掩了掩，看了看王蓉的面色，覺得面色似乎比之前紅潤了一些，才轉頭來看被金氏放在離王蓉床邊兩步遠嬰兒床上的小傢伙。

小傢伙還小，小腦袋瓜上還有出生時擠壓出來的青紫，看上去醜不拉幾的跟個猴子似的，但做父母的看孩子總是自帶美容濾鏡，所以在劉鐵看來，他們家老二長得非常可愛，是個特別漂亮、惹人疼的小嬰兒。

母子倆你一句我一句把小傢伙誇了幾個來回，金氏才轉頭看了看旁邊的王蓉。

「你媳婦還好吧？明兒一早你就去醫館請了大夫來家裡，給你媳婦跟孩子都把個脈。」今天家裡有喜事，請大夫上門不太吉利，兒媳婦這一胎生得又順利，金氏便沒觸霉頭。不過明天還是要請過來看看的，看了才放心。

劉鐵點點頭。「我明兒一早就去請，前面的客人都走了？」

「已經都走了，我剛剛叫你二嫂給咱這邊的廚房燉了雞湯，還熬了肉粥溫在鍋裡，回頭你看著一些，你媳婦要是醒了，去弄點給她吃。小定那邊我也讓老五媳婦哄睡了，你不用擔心。」說著，當著兒子的面，金氏就打了個大大的哈欠。「你老娘我年紀到底大了，身子不中用了，之前忙了好些天，現在也熬不住了，明兒我再來看你媳婦。」

「娘這些日子也累了，早點休息吧。」

送走了疲憊的金氏，劉鐵坐回圓凳上，一會兒看看左邊的小兒子，一會兒看看右邊的媳婦，笑得特別幸福。

第二天，一大早天才矇矇亮，劉鐵就拾掇拾掇出門去了隔一條巷子的百家巷，這裡住著這一片一位醫術不錯的大夫百里大夫。

咚咚咚。

「誰啊？」人年紀大了，覺少，百里大夫起床後通常會簡單做幾個動作活動活動身體，然後才開始一天的工作。今天幾個動作還沒做完，家門口就響起了敲門聲。

「請問是百里大夫嗎？我是前面巷子的劉家老四，我媳婦昨兒生產，想請您幫忙去看看……」

「昨天生產你怎麼現在才來叫人？你這人也太不把人命當回事了！」

劉鐵話沒講清楚，叫百里大夫誤會了，還以為昨天生產，到現在孩子還沒生出來才來叫，也顧不得多說什麼，轉身回頭拿了藥箱就要跟著劉鐵去，衣服都沒來得及換。

百里大夫的娘子一開始也沒反應過來，等兩人走了一會兒了，才一拍腦門。「唉唷！那不就是昨天辦喜事那家嗎？那家兒媳婦不是說已經生下來了嗎？還是個大小子？」

趕緊出門來追，生怕她家老頭子，一著急又說錯了話，得罪人。再這樣下去這附近人家都快被他們家老頭子得罪遍了。

「老頭子，老頭子……」百里大夫的媳婦手裡還拿著梳頭的木梳子一路狂奔，直追到劉鐵家門口方才追上。「你這老頭子，你話也不問清楚了，人家劉家媳婦孩子已經生下來了，你可別又亂說話。」

「生下來了？」百里大夫轉頭看向劉鐵。

劉鐵這才意識到對方剛剛是誤會了，忙解釋。「是是是，是我沒說清楚，我媳婦已經生了，只是擔心媳婦、孩子身體，才請老大夫過來給把個脈。」

「……」百里大夫能說什麼，只慶幸自己這次沒嘴快吧。反正來都來了，那就把脈唄，百里大夫捋捋長鬍子。

「怎麼樣？大夫？」

「沒事，孩子身體健壯得很。你這媳婦，剛剛生完孩子身體還很虛，月子裡要好好養養，可問題也不大。」說完也沒給劉鐵開藥方。

劉鐵要給診金，他推辭不收。「只是把個脈，不用給錢。」

「這個不同，這是喜錢，百里大夫可一定得收下。」

劉鐵一個勁勸，最後老頭子說不過劉鐵只得收了。只是這老頭也有意思，收了喜錢後，似乎覺得自己沒做什麼，卻又收了人家錢不自在，有事沒事就過來給王蓉母子倆把個脈，有時候百里大夫的媳婦也會跟著一起過來，這一來二去的，兩家就熟悉了。

百里大夫兩口子早年生了兩子兩女，可惜兩個兒子都沒留住，只有兩個閨女，大閨女翠芽嫁在外地，離得遠，一年難得回來一次，小閨女翠花嫁得近一些，可也不是時常能回來，所以一般家裡就他們老倆口。

熟悉之後，老倆口倒是很喜歡往劉家跑，因為劉家人多，熱鬧。

轉眼，劉家二月份第二次娶媳婦進門。

聽著耳邊的吹吹打打，看著院子裡人來人往的熱鬧，被邀請來做客的百里老太太心下突然有些不好受。然後，百里老太太就不愛去劉家了。有時候百里大夫要去，她還會莫名其妙的發脾氣。

同時，劉家人也都在猜測是不是家裡人說話哪裡不注意，得罪了百里老太太。商量著要不要上門道個歉啥的？不然本來兩家好好的，突然就不來往了，多奇怪啊！

「你最近到底怎麼了？之前不是挺喜歡去劉家的嗎？怎麼這幾天突然就不去了？」

「就是不想去了，哪來那麼多為什麼。」

「那總得有個原由吧？劉家人惹到妳了？」

百里老太太搖頭。「沒惹我。」

「那妳……」

「去幹麼？人家一大家子至親骨肉熱熱鬧鬧的，我們兩個老傢伙杵那兒幹啥？不夠礙眼的。」

說著說著，老太太的眼淚禁不住就落了下來。

「若是我們家兩個小子還活著……」他們也能有兒孫承歡膝下，也能過那樣熱熱鬧鬧的日子。「都是我，都是我沒照顧好兩個小子。」

百里大夫嘆了口氣，上前將老伴摟到懷裡。「不是說了很多次了嗎？跟妳沒關係，是我的醫術不精，自己就是大夫，卻治不好自己的孩子……這些，都是命……」

緩了會兒，百里大夫突然提到狗蛋。「妳覺得劉家的狗蛋怎麼樣？」

「狗蛋？」

百里大夫點點頭。「那孩子雖然資質不是多好，做事卻用心，又識字，我想把我的醫術傳給他。」

百里老太太怔怔的看著他。「你之前不是說你這門手藝不外傳嗎？」為此，這麼多年連個徒弟都沒收。

「是不外傳，所以我想撮合狗蛋跟翠花家的梅子……」

狗蛋今年十五歲，梅子今年十三歲，從年紀看，倒也般配，可兩家的家世，差的可不是一星半點。劉家雖底子上是農戶，可顯見的現在已經發達了，家裡幾個兒子都是官身，又有那樣一個女婿，狗蛋又是劉家長房長孫，梅子是什麼身分，王家又是那樣一個情況，人家能同意嗎？再一個他們只是外家，梅子姓王，可不姓百里，梅子的親事，又哪是他們兩個老東西能做得了主的？

「總要試試，王家雖然……可梅子卻是個好孩子，我看劉家也不是那只看門第的。」只看門第，也不可能讓他們兩個老東西時不時上門叨擾。「至於王家那邊，女婿再不講理，梅子總是他親閨女……」

老倆口商量半天，總算說服彼此先去王家那邊探探口風。女婿若是同意他們就捨了老臉跟劉家提一提，女婿若是不同意，這事自然就此作罷。

# 第二十六章

另一邊，金氏雖說想著尋個機會問問百里老太太，可是家裡小輩有什麼不妥當的地方致使對方不再登門，卻因為三月家裡一個孕婦，一個坐月子，再加上接連兩件喜事忙得腳打後腦勺，實在抽不出一點空來，這事就給耽擱下了。

等到兩件喜事忙完，王蓉出了月子，辦完孩子的滿月宴後，終於清閒一些，百里大夫那邊已經得了女婿的準話，老倆口親自上門來了。

「可算是等到妳登門了，前些日子不見妳來，我還說是家裡哪個惹了妳，叫妳不好意思來了，正想著過兩天去給妳道個不是呢。」

「不是不是，我這也是最近身子不太爽利，你們家近來也忙，才沒過來添亂。這不？身子好些了，就立馬上門叨擾來了。」

金氏笑著點頭。「前些日子家裡是忙了些，有些地方確實沒顧得上，妳這身子沒事吧？」

百里老太太連連擺手。「沒事沒事，都是上了年紀的一些老毛病了……對了，你們家新得的孫子呢？不叫我這老婆子見見？」

「叫見，怎麼不叫見，前兒還得多謝百里大夫呢，這孩子出生沒幾天就得了面上發黃的病症，把他娘、老子唬得哭天抹淚的，一大家子跟著擔心，多虧了百里大夫給的偏方，這才沒事……」

正說著，王蓉剛好抱著取名劉章的小兒子從房裡出來。金氏忙衝王蓉招招手。「正好，妳之前不還念叨著要親自好好謝一謝嗎？現在正主就在跟前了。」

「唉唷，使不得，使不得。」王蓉上來就是一個大禮，哪怕老倆口一個勁推辭、避讓，王蓉還是認認真真的行完了。「這是真心感謝。之前小兒生病，一直不好，真正是覺得天都塌了，說句心肝俱裂、萬念俱灰都不為過，百里大夫能救下小兒，莫說這點，就是再大的禮也是應當的。」

王蓉如此客氣，反倒叫本來抱著目的前來的兩口子，羞愧得不好開口提狗蛋跟梅子的事了。只兩人又不是那種城府很深的，閒聊幾句，面上便帶了些出來。

「您二老可是有什麼難事？」王蓉試探著開口。

「是啊，若是有什麼事兒直說便是，能幫的，再不會說二話的。」金氏跟著附和。

百里兩口子互相對視一眼，最後還是老太太愛孫心切咬牙開了口。

「只是我們兩口子的一點奢侈想法，若是你們不願意，只當我老婆子今天沒開這個口就好……」說完就把自家小閨女有個長女叫梅子，今年十三歲，頗為懂事乖巧……想要跟劉家做親的想法說了出來。

老太太說完，百里大夫還補充了一下，他看著狗蛋是個好的，想要傳他衣缽，只是——「當年家裡小子剛沒，有人想要送子弟過來叫我教導，那孩子我不太喜歡，不得不在人前立了誓，說這點子微末技藝將來只傳後人，所以……」

金氏、王蓉沒想到兩口子說的是這事，一下子愣住了。

好一會兒，金氏才笑道：「我確實正發愁狗蛋的親事呢，只是，這孩子他爹娘在老家，不在這邊，我雖是做奶奶的，卻也不好自己做主。這樣，我跟孩子、還有孩子爹娘商量一下。」

送走了百里大夫老倆口，金氏嘆了口氣，好半天沒說話。

「娘？可是這親事有什麼不好？」

金氏搖搖頭。「現在還不好說，等晚些時候，狗蛋回來，我先問問他的意思吧？狗蛋沒什麼大能耐，若是能繼承百里大夫衣缽倒也不錯，只是我怕孩子不喜歡。另一個，那個梅子，我們之前都沒聽說過，也不知道到底是個什麼樣的姑娘，若是姑娘不好，也萬萬是不能答應的。」總不能為了一門手藝，害了孩子一輩子。

金氏想的好，誰知，等劉老頭回來聽說了這事，立馬就給否了。

金氏、王蓉不明所以，最後還是劉小五媳婦給兩人解答了疑惑。

原來，那王梅確實是個好的，長得出挑，性格好，也能幹，可她家裡就……她那爹是個好賭的，早些年王家不說大富大貴卻也是個殷實人家，家裡有宅子有鋪子城外還有幾十畝地，可她那爹……之前最狠的時候，不僅鋪子、田地全都被她爹送到賭坊裡去了，聽說王梅都差點叫她爹給賣了。後來不知道因為什麼倒是戒了賭，可也沒什麼正經營生，就跟著一幫地痞流氓混，收點保護費什麼的。

所以這樣的人家，哪怕那姑娘再好、再出淤泥而不染，再有什麼手藝，劉老頭又怎麼會同意？劉老頭沒當場打上百里家門，問問他們是何居心已經算是好的了。

此事最終不了了之。

又幾日，劉小五媳婦過來說是他們小倆口也存了些積蓄，之前劉小五出來，家裡也給了些，便想要去外面置辦個小院子，搬出去。

王蓉她們也都能理解，前院雖然房間是夠，到底人多，娶了媳婦後，確實很多不方便，因此也沒多說什麼，只問：「銀錢可夠？準備在哪裡置辦？」

「夠了夠了，我們也沒想著置辦大的，就置辦個兩、三間屋的夠住就行，價格倒也還好。離這裡也不遠，就隔了一條街。」

有劉小五媳婦做出頭鳥，接下來幾天又有幾個也來表示了要搬出去的想法，金氏自然都答應了，又細問了一番。

幾家找的地方還挺近的，都在一個巷子裡，小院的規格，價格也都差不多。

然後就是搬家，小劉章還小離不得人；林氏肚子六、七個月了，大得驚人，大夫診斷說是雙胎，讓劉錫一刻不敢離眼。前院劉小五幾家搬家，便只金氏、劉老頭帶著山子，大丫幾個孫輩過去看了看，搭了把手。

王蓉也沒去，因為小劉章有點低燒不舒服一直哼唧。

「不行，就還是找了大夫來看看吧？」劉杏花看著小姪子蔫蔫的，心疼得不行。

王蓉更心疼，可這是每個孩子成長都必須要經歷的又能有什麼辦法？「已經看過了，說是在長牙，也沒什麼辦法，又不是多嚴重，孩子又小，也不敢用藥。」

劉杏花點點頭，從王蓉懷裡接過小姪子哄了哄，待小人兒昏昏欲睡了才輕聲道：「娘今兒沒在？」

「跟二嫂一起去廟裡了。」林氏產期越來越近，因為憂心雙胎不好生，金氏連著作了兩晚噩夢，又不敢在林氏跟前表露出來，只能去廟裡拜一拜，聊以安慰。

「因為五弟妹？」

王蓉點頭。

「唉。」

原本媳婦懷上雙胎是好事，可古代醫療條件差，林氏這又是頭胎，難產的機率非常大，包括出嫁的劉杏花在內一家子都跟著心焦。這種焦慮隨著林氏產期越近，越明顯。有好幾次，王蓉甚至看到劉錫背著林氏抹眼淚……

這日下半晌，剛歇完午覺，小定正在床上陪著小劉章玩耍，王蓉在旁邊做針線，突然聽到旁邊房間裡一聲尖叫，然後就是水盆被打翻的聲音。

小劉章被嚇到了，扯著嗓子開始嚎，王蓉趕緊把繡活扔一邊過來把孩子抱懷裡哄，又叫小定出去看看是怎麼回事。

小定很快就回來了。「娘，奶奶只說五嬸要生了，不讓我過去看，還說叫妳帶我跟弟弟去二姑那邊。」

「行，那我們就聽你奶的。來，幫弟弟收拾些東西。」

東西收拾好，外面已經忙起來了，李氏在廚房裡看到王蓉抱著小的，小定跟在旁邊提著個小包袱，一伸手把平平也推了過來。「平平跟你四嬸一起去你二姑家，別搗亂。」說完又給王蓉使了個眼色。

王蓉領會的點點頭，領著兩個孩子快步往外走，走到門口剛好跟迎面進來的劉錫、產婆撞上。

劉錫一張臉青青白白的，腳步踉蹌，明顯被嚇得不輕。

此時，林氏又突然嗷的一嗓子，懷裡這個哭得更厲害了，王蓉也不敢多留，帶著幾個孩子逃一般的離開了劉家。一直走出幾百步，才放慢腳步。

「娘，妳當初生我時，也是這麼疼嗎？」上次王蓉生懷裡這個，提前就把小定送到劉杏花那去了，因此劉定並沒有看到王蓉生孩子是個什麼情況。可剛剛林氏那淒慘的叫聲他卻是聽得真真切切的。

「沒有，娘生你的時候，都沒怎麼叫喚。」

是嗎？劉定也不知道信沒信，不過生孩子不容易這件事卻留在了他幼小的心裡。

林氏這次生產並不順利，申時發作，直到第二天凌晨孩子還沒生下來。家裡亂成一團，王蓉帶著幾個孩子也不好回去，最後在陳家囫圇過了一宿。因著心裡記掛著家裡的事情，一夜都沒睡好，王蓉第二天難免眼下便多了幾分青黑。

孩子們受家裡大人影響，第二天跟著夫子讀書也都不能集中注意力，三心二意的。夫子不知道情況，把幾個孩子好生訓斥了一番，又佈置了一堆課業。劉杏花知道後有心要跟夫子解釋一番，叫王蓉攔下了。

「算了，現在家裡事兒多，叫他們在這邊抄抄書、靜靜心也是好事。」

只是她卻不好一直在這邊不回去，哪怕回去看看情況再回來，也比一直在這乾等著強。

這麼想著，王蓉便跟劉杏花道：「我這心裡一直吊著，也不知道現在家裡什麼個情況，我想回去看看，煩勞二姐幫我看顧下幾個孩子。」

劉杏花自然沒有不應的，只是有些躑躅。「現在章兒睡著了還好，等他醒了，我怕是哄不好，這孩子有點認人。」

「我去去就來。」

回到家，正好趕上又一個大夫被劉老頭領進門。

「這已經是第三個了。」李氏念叨，熬了一夜，李氏眼睛熬得通紅，卻還得強打起精神應酬。

見王蓉回來也沒說什麼，只是衝她招了招手。

「沒去請百里大夫看看？」有月子裡請來看病，又幫著治好了劉章黃疸在前，王蓉對百里大夫的醫術還是比較信任的。

李氏搖搖頭，雖然最後沒成，估摸著之前百里老太太提的那門不太般配的親事，還是叫金氏心裡有了些疙瘩。這才沒有第一時間叫去請百里大夫。

王蓉能理解，卻並不認同，這都什麼時候了，還顧忌著面子這種事。

「我去請百里大夫。」

李氏張了張嘴，最後也沒說什麼，四弟妹說的對，現在讓五弟妹能夠把孩子平平安安的生下來才是最重要的。

百里大夫兩口子也聽說了劉家第五兒媳婦生孩子生了一宿，卻還沒生出來的事兒。百里大夫本著醫者仁心想主動過來幫忙，叫老太太給叫住了。「人家沒來叫，我們上趕著總是不好。」當然，之前提的親事被拒絕，老太太心裡也不是一點情緒都沒有的，任誰自家放在心上疼的外孫女被人瞧不上，都不可能無動於衷。

因此，哪怕這次王蓉過來，姿態放得很低，老太太一開始神色也是淡淡的。好在，老倆口到底心善，沒太拿翹，王蓉誠心請求，百里大夫很快就到了劉家。

精疲力竭的金氏看到百里大夫，也只是愣了一下。說實在的，七、八個時辰的精神高度緊張加上高強度的忙碌，金氏是真的把百里大夫這個人給忘了。

「娘，我把百里大夫請過來了，讓百里大夫給弟妹把個脈看看吧？」

金氏疲憊的點點頭，強撐著擠了個笑臉，衝百里大夫打了個招呼。「煩勞老哥哥了，林氏昨天申時發動到現在宮口都沒打開……之前已經有三個大夫看了，催產藥也喝下去兩碗，一點效果都沒有。」

剛剛產婆已經明確跟她說了如果宮口還是打不開，大人孩子都會有危險的，弄不好，可能會一屍三命。想到最壞的那種可能，金氏整個身子幾乎都在發顫，她現在整個人就是一股信念在支撐著。

百里大夫臉色凝重的點點頭，事關人命，那是丁點都不能含糊的。「先帶我去看看。」

「怎麼樣？」

怕自己身上帶有細菌，王蓉第一時間並沒有跟著進產房，而是選擇跟劉錫他們一樣在外面焦急的等待，見百里大夫出來趕緊迎上前。剛剛在外面，她已經聽李氏說了裡面的情況，情況很不好隨時都有可能一屍三命。王蓉甚至不禁在想，自己現在去準備剖腹產的東西不知還來不來得及。

「還有救，我這有一套特殊的按揉方法，已經教給產婆了，等等吧。」

不知過了多久，王蓉越來越緊張，等到裡面終於聽到一聲不算太洪亮的嬰兒啼哭聲，王蓉的裡衣都濕透了，嘴唇上還咬破了皮，一碰到生疼。

「這是生了吧？」劉老頭、金氏兩個反應最大，一時激動，竟然兩口子一起生生暈了過去。

「娘，娘？爹？百里大夫，您快給看看。」

「放心吧，問題都不大，只是沒休息好，長時間未進食，又一時心緒太過激動，好好睡一覺起來吃點東西就好了。」

王蓉、李氏並劉銀、劉鐵忙扶了金氏、劉老頭回房休息。

等到他們再出來，孩子已經抱在當爹的劉錫懷裡了，裡面還在焦急的生第二個。

「老五，你沒事吧？要不還是我來抱吧？」劉錫看著狀態很不好，衣裳頭髮凌亂，說的難聽點，看起來跟乞丐也差不多。孩子抱在懷裡，腦袋埋在襁褓間，整個身體都在抖。

「……不，不用了，四嫂，還是我抱著吧。」

好一會兒，劉錫才哽咽著抬起頭，眼圈通紅，眼角還掛著淚珠。

「你……行吧？不過別在外面待太久，小孩子身子弱，萬一吹了風凍著了就不好了。」

劉錫點點頭，看看產房方向，又低頭看了看懷裡的孩子，最後還是聽勸的抱著孩子進了屋等著。

此時產房內，林氏已經整個人疼得都虛脫了，即便產婆一遍一遍在她耳邊叫喊讓她使勁、用力，肚子裡還有一個，她也木愣愣的沒什麼反應。或者說潛意識裡是想要使勁的，可是身體已經疲憊到了極致，根本無法配合。

這下兩個產婆急得滿頭大汗，也顧不得擦。外面，王蓉也急，按理雙胞胎一個出來了，另一個應該好生才對，怎麼這麼久一點動靜都沒有，裡面靜得可怕。

「嫂子，妳在外面看著，我先進去看看。」實在忍不住，怕出什麼意外，王蓉直接進了產房。

一進去，撲面而來的血腥味催得王蓉險些當場吐出來。好不容易壓下想要嘔吐的感覺，王蓉立馬喝問。「怎麼回事？」

「產婦脫力了。我們能想的都想了，可是……」

「弟妹，醒醒，弟妹？」王蓉也是被林氏近乎白紙一般的臉色嚇到了，手忙腳亂的急急湊上。可就像產婆說的那樣，根本沒什麼反應，若不是還有呼吸，王蓉都以為人已經去了。

「大夫，大夫……」此時王蓉的聲音裡已經帶上了哭腔。候在外面的百里大夫聽到叫聲急急往產房裡衝，救人如救火，這時候已經沒人再想著顧忌什麼了。

衝到產婦跟前，百里大夫沒有第一時間上前診脈，而是打開一個小包，將裡面層層包裹的兩片百年人蔘塞到了林氏嘴裡吊著命，這才開始診脈。

「情況非常不好，時間久了，肚子裡的孩子怕是會悶出好歹，產婦的體力卻不可能立即恢復，現在只能強行把孩子推出來。」

這樣必然會傷到產婦的身體，可這會兒已經顧不上了，再遲疑，說不定出來的就是死胎，孩子成了死胎，留在母體裡，母體也會有危險。

「推……推……」

林氏不知道什麼時候恢復了意識，努力蹦出兩個字，雖然聲音很輕，但大家都聽清了。

瞬間，王蓉淚眼朦朧，可現在不是哭的時候，只能粗魯的用袖子抹掉眼淚。「推吧。」

兩個產婆對視一眼，咬咬牙，在百里大夫的指導下開始強推。

甫一動手，林氏就疼得牙咬的咯吱咯吱響，腦門上青筋都爆起來了。身下血水混著羊水，汩汩流淌。

兩個產婆推了有十幾下，終於能看到孩子的頭了。

「出來了，出來了。」雖然孩子的哭聲微弱的跟小貓一樣，幾個人還是欣喜異常。

待胎盤也出來後，百里大夫忙再次給林氏診脈，這一次診完，老大夫迅速開了整整兩張紙的藥方。讓人去抓藥、熬藥的同時，又取出銀針，在林氏身上扎了幾針，幫著止血。

「我的技藝還是欠缺了一些，若是能再精湛些，說不定產婦不需要受這麼多苦……」

「大夫不用自責，您已經做的很好了，最起碼在其他人都沒有辦法的時候，您救了我弟妹跟兩個孩子的命。」

百里大夫搖搖頭。命雖然是暫時保住了，可事情並沒有完，接下來一、兩年內，林氏跟這兩個孩子都可能會有危險。

古代孩子本來夭折率就高，這兩個孩子生下來又不怎麼健壯，能不能養大都還是未知數。

也因此，這一次劉家得了一對龍鳳胎也不知道應該算是喜事還是……

# 第二十七章

第二天，金氏、劉老頭醒來得知兩個孩子都不是很健壯，也是半天沒說話。就更不用說劉錫這個做爹的了，看著床上的一大兩小半天都沒說話。

不過日子還是要過，只一天迷茫、頹然之後，劉錫就展現了他作為一個家主應有的擔當，他主動包攬了所有伺候林氏月子，熬藥、哄孩子、給孩子洗尿布等等活計，哪怕有時候一天只能睡一、兩個時辰，每天臉上也都帶著笑。

有了劉錫這番動作，金氏、劉老頭慢慢也寬了心，加上林氏身體一天天漸漸好起來，龍鳳胎雖然三不五時的就要病上一場，卻沒出什麼大問題，劉家總算是慢慢緩了過來。

時光匆匆，轉瞬即逝，轉眼三個月就過去了，龍鳳胎滿月時身子還弱，當時怕孩子壓不住沒敢辦，現在眼瞅著孩子一天一天漸好了，林氏也終於能下地了，金氏便想著給孫子孫女補個百日宴。

「到時候辦大點，正好老二、老四前些日子都升了官，老五也重新有了職務，狗蛋也有差事了，一起賀一賀。」

眾人連連點頭，李氏笑著提醒。「還有呢，您之前不是說要找個日子讓狗蛋跟梅子相看相看，我看百日宴就是挺好的日子，到時候叫百里老太太帶了梅子來，就讓他倆在院子裡見見，說上幾句話也不突兀……」

王蓉等人又是笑著點頭。

說來也是緣分，之前百里家提這門親事，金氏、劉老頭礙於梅子的爹沒同意，這次林氏難產，百里大夫及時出手力挽狂瀾救了林氏母子三人，這番手段不知道怎麼的就看在了狗蛋的眼裡，給了狗蛋很大的觸動，竟偷偷跑到百里大夫那裡想要拜師。可百里大夫有言在先，家傳技藝只傳後人，加上前面又被拒了親事，自然不同意。

狗蛋沮喪著臉回來，被金氏看在眼裡，問起來，狗蛋說出原由，金氏當時半天都沒說話。然後當晚就帶著重禮，去了百里家。

金氏當時是這麼說的。「之前我拒了王家姑娘是為了後輩考慮，我不能讓我們劉家的長子長孫娶一個賭徒家的姑娘，這個我永遠都不後悔。這一次上門，一個是感謝百里大夫救我兒媳婦、孫子、孫女；另一個還是為了後輩，我大孫子因為見識了百里大夫的神奇手段，想要拜百里大夫為師，只是百里大夫有言在先……若是你們不介意，不知道可否讓我大孫子跟你們的外孫女相看一下？」

如果他們之間互相看得上眼，她就同意這門親事，如果沒看上，就算了，她再去給她大孫子找其他師父。

原本百里老太太自然是不想同意的，可是理智叫她忍住了。因為金氏有一句話沒說錯，但凡好一點的人家，誰願意娶一個賭徒的閨女？在自己身邊放一個定時炸彈？況且若是錯過劉家，她放在心尖上疼的外孫女根本不可能找到比劉家更好的人家。

這才有了狗蛋、梅子約定相看的事。

「你們說呢？那一天會不會人太多了？」

「就是因為人多才好呢，沒什麼人在意，即便看到了，也不會多想。平常要是咱們安排狗蛋跟梅子見個面說個話，人家得巴巴看著，保證這邊話還沒說完呢，閒話就傳出去一大堆了……」

「說的對。」

王蓉也跟著點頭，確實是這樣。

「既然你們都覺得好，那就相看也安排在那一天，回頭我就去百里家跟你們伯娘說一聲。百日宴的事，這兩天也都趕緊準備起來，明天咱們就籌劃籌劃看看都要準備些什麼，後天就開始採辦。」

說做就做，事情一定，第二天劉家人就紛紛忙碌起來，男人們要上值，沒空，林氏要帶兩個孩子，王蓉身邊也有黏人的小劉章，上街採辦這樣的事就落到了金氏、李氏的身上。狗娃、山子、大丫跟著跑腿。

「還差多少？」眼見著一趟一趟東西被運回來，堂屋的方桌上擺的滿滿當當的，地上也快塞滿了，狗娃、山子還往外跑，王蓉整個人都快風中凌亂了。之前，她們商量的購物清單好像沒有這麼多東西吧？

「不知道，娘跟奶奶沒說，不過看樣子，一時半會兒怕是結束不了。」狗娃、山子來來回回跑了好幾趟，兩個大小伙子也是累得夠嗆，可金氏跟李氏都是長輩，他們又能怎麼辦？捨命陪君子唄。

果然，一直逛到街上都快下市了，金氏、李氏才滿載而歸，後面跟著全身上下掛滿東西、腳步沈重得快要抬不起來的山子、狗娃。

「娘？怎麼買這麼多？」

「多買比較便宜，反正都是用得上的，以後也都能用。」今天收穫頗豐，金氏、李氏都喜氣洋洋的。

王蓉見幾個人都還在興頭上，也沒掃興，只是隨口問了句。「吃過飯了吧？」

結果，狗娃、山子在旁邊一個勁搖頭。「沒吃，沒吃，家裡還有飯嗎？」

「有倒是有。」她還是留了的，可是她以為他們中午沒回來是吃過了的。好吧，她還是低估了女人的購物慾望。「等著，嬸子去給你們盛飯。娘，妳們要不要也吃點？」餓死鬼投胎似的吃完飯，狗娃、山子早早躲了出去，金氏、李氏拉著王蓉、林氏一件一件介紹買回來的好東西。

「這個是吉祥布莊的，妳看這色澤、紋理……」整整介紹了有半個時辰，金氏、李氏沒口乾舌燥，反倒是王蓉都聽得口乾舌燥了，兩人才停下來。

晚些時間，劉鐵等人回來，看到堂屋堆得如山的東西，也是被嚇了一跳。

「娘，用得了這麼多東西嗎？」

「百日宴用不了，以後不也可以用？愁啥？」金氏一點都沒有東西買多了的覺悟。「再有，之前你們小表姑的閨女出嫁，咱們家那會兒亂七八糟的事兒多，也沒精心準備，不得再送些東西回去賠個禮？另外，老大、老三、族長那邊，咱們來這麼久了，也沒給家裡送些東西回去，雖說家裡不愁吃不愁穿，可也得表示表示不是？」

劉鐵點頭，確實沒說差，可是這麼多東西，千里迢迢的想要送回去可不容易。現在外面比之前他們過來林州城的時候可還要亂。上次他們送回去給小表姑閨女的賀禮就是跑了十多趟才好不容易找到的商隊，那商隊半路上還險些被山上的山賊給劫了……要劉鐵說，不如就送些銀子回去，實在，他們自己想買什麼買什麼，可惜這話這會兒不敢說。

另一邊，百里老太太得了金氏百日宴那天相看的信後，第一時間就去了一趟王家。

她先把劉家的情況說了下，又說了這次相看機會得來的不容易，這才開始叮囑。

「我這正好還有些好看的料子，時間也還來得及，這兩天妳就緊著給梅子做一身好看的衣服出來；還有外面的活計也都暫時別去了，在家裡捂捂，說不定能稍微捂白點；妳爹之前給梅子弄的塗手的藥膏，也要梅子早晚塗抹，好好保養保養……」

百里老太太一口氣說了一大堆，百里氏越聽這心裡越虛，待聽說劉家幾個兒子都在衙門裡做事，女婿還是林州城最大的官，險些繃不住暈厥過去。「娘，這劉家確實是門好親，可王家這種情況，會不會有些齊大非偶啊？」

梅子自己也有這個想法。不是她看不起自家，實在是王家現在不管是面上還是內裡真的都不怎麼樣。她雖然沒讀過什麼書，可門當戶對這個道理還是知道的。

百里老太太搖搖頭。「這道理你們懂，難道我老婆子不懂？若不是有信心梅子嫁過去能好，我也不會費心的張羅這事。妳們不用太擔心，劉家一家子都是厚道人，雖說換了門庭，一家子並不擺什麼官架子。金氏平時對幾個兒媳婦都寬容，對孫媳婦自然也不會如何磋磨，再者狗蛋他娘又不在這邊，只要梅子嫁過去好好孝敬長輩、伺候家裡，平時勤快些、嘴甜點，不愁過不好。當然前提條件是過幾天相看你們彼此能看對眼，若是看不上，現在說這些都沒用。」

百里氏、梅子母女對視一眼，如果真是這樣，那倒確實是門再好不過的親事，要好好爭取一下。

自此，梅子便辭了外面接的小活，在家各種準備。

忙忙碌碌的，時間總是過得很快，王蓉都沒什麼感覺，百日宴這天就到了。

為了熱鬧，金氏還讓劉鐵他們特意在外面找了個小戲班子，在前院搭了個戲臺子。一大早，戲臺上就咿咿呀呀唱上了。

別說街坊鄰居新鮮，劉家人也新鮮，王蓉幾個在廚房裡幫忙擇菜，林氏一時聽得入了迷，險些把擇出來的爛葉子留著，好的丟了……幾個孩子，更是好奇的跟屁股上長了釘子似的扭，時不時就要爬起來伸著脖子往戲臺子上張望。

王蓉見了笑著搖頭，還是見識太少啊，要是在上輩子……

「四嫂，想什麼呢？這麼出神。」前面一齣戲結束，中間中場休息了一會兒，林氏幾個終於將注意力轉回到手邊的菜上，結果一轉頭想跟王蓉聊聊戲中的劇情，王蓉竟然還在走神。

「啊？沒什麼？」

王蓉笑笑，笑容中帶著幾分悵惘、幾分輕鬆她自己也說不清。上輩子已經距離王蓉越來越遠，她在這個世界上的痕跡卻越來越深，除了腦子裡時不時湧現的那些記憶，她現在的言行都已經完完全全是這個時代的人了。

巳時開始，客人開始陸陸續續上門，金氏、李氏、王蓉她們要出門迎客，忙洗洗手擦擦手，拾掇拾掇衣服，婆媳幾個往前院門口去。

剛到門前，就見百里老太太帶著一個十三、四歲，穿著一身藕粉色衣裳的少女款款而來。

這應該就是梅子了吧？王蓉下意識轉頭跟李氏、林氏對視了一眼，然後妯娌三個全都目光灼灼的看向少女。少女雖然性子還算大方，但面對可能是未來婆家的長輩還是稍微有點害羞，被幾個人這麼盯著下意識想往百里老太太身後躲，邁了一小步子反應過來生生停住了，就在門外給王蓉幾個行了個禮。「金大娘好、幾位嬸嬸好。」

「好，好，好孩子……」少女一張鵝蛋臉，皮膚雖然不算很白皙，卻很耐看，身板看著也結實，此時羞澀的笑著很容易引起人的好感。

金氏看了就很喜歡，直招手叫她往跟前來。

少女轉頭看了看百里老太太，在百里老太太點頭後，才快走幾步到了金氏跟前。

金氏細細打量一番連連點頭，轉頭對上百里老太太就是一頓誇，直誇得王梅面紅耳赤才罷休。
百里老太太看她越說越誇張，趕緊打住。「行了行了，妳可別嚇壞我外孫女，那邊又來客人了，妳趕緊招呼去吧，不用管我們。」
說著拉了王梅，就逕自往裡面去了。
金氏也不跟百里老太太客氣，只擺擺手叫她們自便，就又笑著迎上新一波客人。
這一波來的都是劉錫衙門裡的同僚夫人，劉錫重新上崗再就業，去做的是文吏，所以這些夫人身上多多少少都帶著幾分書卷氣，說話聽著比較文雅，有一位夫人進院子還隨口念了一句詩。
李氏見了私底下直嘀咕。「幸虧我們家山子他爹是管農事的，要是也這麼來一波，我可受不了。」
王蓉聽了，捂著嘴笑得直發顫。
「妳別笑，我說真的，妳看著吧，等明兒閒下來，五弟妹肯定會受不了和我們說道。」
這個可能性還真挺大的，不過現在王蓉也沒精力看林氏的笑話了，因為劉鐵幾個同僚的夫人也到了，這幾個更不是善茬，哪怕王蓉對勾心鬥角不擅長，也能隱約感覺到幾人間不如她們面上那麼和睦友好。後知後覺的品品她們說的話，就能深深感覺到話中的惡意。

好在，今天王蓉是在主場，又是林州城老大陳軒的內弟媳婦，消息靈通一點的還應該知道，王蓉還是陳軒唯一一個親妹妹的嫡親小姑子，有這麼一層複雜的關係在，劉杏花又就在不遠的地方陪金氏、百里老太太等人說話，這些人只要不是想著坑丈夫，那麼想要說王蓉什麼之前，還真得在腦子裡多思量思量。

因此，雖說有些費腦力，腮幫子笑到生疼，王蓉過得還算是好的。其間還偷瞄見了王梅起身，被大丫拉著往後院去，王蓉估計著應該是去跟狗蛋「偶遇」去了……

待正主劉錫家的龍鳳胎被抱出來，話題自然而然就引到孩子身上，有孩子沒孩子的都聊起了育兒經。好像個個都是專家，說起教養孩子來頭頭是道，其中一個為丈夫生了五子一女的鄭夫人更是腦袋昂得高高的，得意得不行的樣子。王蓉並不願意在不太熟悉的人面前聊起孩子，因此每每說起，都只是笑著附和兩句，將話題岔過去，實在不行，就簡單說些司空見慣的，只求把這個宴會應付過去。

眼見時間差不多了，宴會即將結束，王蓉幾個妯娌已經準備好起身送客了。那位生子頗多、自恃對婆家功勞頗大的鄭夫人突然跟旁邊一位趙夫人爭執了起來。「是啊，我生的兒子多，我就是有功，妳要有本事，妳多生幾個啊！生不出來還話那麼多……」

「我怎麼沒生出來，我有兒子。」

「就那一個，還不知道養不養得活呢。」這個年代孩子夭折率高，養不養得活還真不好說，有人生了兩個、三個也不一定就留得住一個，可這麼說出來就得罪人了。

那位夫人當下就被激得失了理智。「妳……這世上一個兒子的多了，可不止我一個，陳夫人也一個兒子，妳這話敢去跟陳夫人說嗎？」

「我有什麼不敢的，我……」大話放出去，那位鄭夫人才反應過來自己說了什麼，面色一白，轉頭望向另一邊聽到動靜轉頭看過來的劉杏花，整個人肉眼可見的都開始抖了起來。

院子裡一下子安靜的落針可聞。

王蓉都不知道，什麼時候，短短時間，她這個姑姐劉杏花已經從一個普普通通的村婦成長了這麼多？一個眼神掃過來竟然生生讓人感受到了幾分威嚇。

不過，現在不是想這個的時候，圓場還是得打，總不能因為兩個嘴碎無狀的壞了姪子姪女的好日子，至於那說錯話的鄭夫人、趙夫人，相信後面有的是應有的等著她們。

劉杏花也是這個意思，犀利的掃一眼之後，就給王蓉使了個眼色，王蓉勉強擠出兩分笑，站起來寒暄兩句，將剛剛的事給岔過去。同桌的其他幾位夫人彷彿也是才反應過來，趕緊跟著你說這個我說那個活絡氣氛……

送走了所有客人，劉家幾個女人氣得一個個面上都沒什麼好顏色，就連狗蛋跟梅子相看的結果，都沒來得及叫狗蛋過來問問。

倒是劉杏花本人看得很開。「娘、嫂子、弟妹，妳們也不用這樣，不過是一句不好聽的話罷了，嘴長在人身上，還能不讓人說話？再說了，相比只是一句不好聽的話，他們即將會失去的要比這個多得要多，我不虧。」

「可……」

金氏幾個還要再勸，劉杏花已經搖了搖頭。「其實她們說這個也是有原由的，之前家裡事兒多，我就沒跟家裡說，就因為晨晨沒個兄弟姐妹，陳軒那幫子手下現在可忙著呢，這個介紹他什麼表妹是個宜男像，那個介紹他什麼姪女家裡親生兄弟多。就今天那個鄭夫人，她丈夫就一口氣給陳軒說了三個內姪女、姨表妹，個個都有五、六個親兄弟……那位趙夫人家裡也不遑多讓，她們今天之所以會鬧起來，我估計也應該有這方面的原因，都怕對方的人搶先了吧？」

「搶什麼先？女婿已經把人收下了？」

王蓉幾個妯娌心裡也是一驚。不會吧？陳軒不會那麼渣吧？

「那倒還沒有……可是這種事是官場上常有的，今天家裡來的這些除了街坊鄰居，哪個家裡沒幾個妾室通房？」許是外面見得多了，劉杏花的思想竟然也慢慢發生了改變。以前覺得家裡還有其他的女人是一件不可想像的事情，想到自己的丈夫要分給其他女人就心痛如刀割。

現在，雖然還是難受，想到還是會心疼想哭，可好像也不是那麼難以忍受了，或者說，劉杏花已經慢慢開始接受，終有一天她的家裡也會有其他女人存在的事實。

「杏花？」世情如此，金氏出去參加宴會也見過那些大戶人家呼奴使婢，妻妾成群的情況，雖然看著是有氣勢、有場面，可內裡的艱辛，根本不足為外人道。想到以後自己的小閨女也要過那樣強顏歡笑的日子，金氏就心口直發疼。

可是，金氏卻沒有勸劉杏花不要接受陳軒納妾這樣的話，因為她很清楚，除非男人自己願意，否則女人再堅持也沒用。

另一邊，鄭、趙兩位夫人好不容易勉強撐住面容跟其他夫人告辭，上了自家的馬車就面容一垮跌坐在馬車上，想到自己今天在劉家闖下的巨禍，兩個女人悔得腸子都青了。可惜這個世界上從來就沒有後悔藥。

趙夫人還比較理智，第一時間就叫了心腹上前，輕聲吩咐了一番，然後叫心腹直接去衙門找他們老爺。「找到老爺之後，細細將事情的來龍去脈給老爺說清楚，趕緊讓老爺拿個主意。」晚了，他們趙家就完了。得罪了上頭長官，他們老爺還有什麼官途可言？若是那狠心的，恐怕他們一大家子都討不了好。

心腹領命而去，趙夫人才癱軟下來，任思緒去回想，她今天為什麼會那麼衝動，做出這麼蠢的事情……

相比趙夫人，鄭夫人這些年因為身子爭氣，日子明顯過得太順了，腦子都不好使了很多。渾渾噩噩的回到家，越想越怕，實在撐不住自己把自己嚇哭了，才想起來叫來心腹去把事情告知正在當值的鄭大人。

是以，等到鄭大人收到消息，氣急敗壞時，趙夫人兩口子已經備好了各種厚禮，跪到陳軒門前請罪去了。

# 第二十八章

陳軒還不知道怎麼回事。「趙大人？」

「是，趙夫人也在。」

陳軒皺了皺眉，涉及到趙夫人那可能就不是衙門裡的事情了。「去劉家問問，今天百日宴上發生了什麼事？」

很快，問話的小廝就回來了。

知道事情經過後，陳軒生生將握在手裡的筆桿給折斷了……

兒女幾乎是所有做父母的底線，陳軒亦然。不過，陳軒是個越生氣，越冷靜的性子，至於剛剛一時用力掰斷的筆，那純屬意外，很快他便冷靜了下來。

「去把劉鐵叫過來。」

彼時，劉鐵正在隔壁跟著一個老師傅上課。老師傅是陳軒特意給劉鐵尋來的，每天教劉鐵一個時辰讀書練字。

劉鐵被叫過來時，還不明所以。

「家裡的事你知道嗎？」

劉鐵搖搖頭，他一直在衙門裡，劉家也沒往這兒遞消息，宴會上發生的事他自然是不清楚的。不過，劉鐵反應很快。「宴上有人鬧事了？」

陳軒點點頭，將鄭、趙二人在宴上的行為簡單說了下。

劉鐵一聽，這兩人竟然敢咒他親外甥，勃然大怒，轉身就要出去找姓鄭姓趙的兩個算帳。他娘的，鄭、趙兩個平時就當他不存在，一天到晚忙著給他姐夫牽紅線，要不是顧忌陳軒，他早就給兩人套麻袋了。現在又犯到他手上，非得好好收拾一頓不可！劉鐵怒氣沖沖就要往外衝。

「站住，跟你說了多少次，遇事要冷靜，唉……不過就是說了兩句話，你要是就這麼冒冒失失的上去把人揍一頓，原本有理也變成沒理了。」

「那難道就這麼算了？」

「不然呢？沒見趙慶兩口子已經在外面跪著了嗎？」人家都做成這樣了，他再做什麼過激的反應可就不占理了。

劉鐵恨得直咬牙。「那姓鄭的呢？他沒來跪著，我去找他算帳總可以吧？」

小廝得了陳軒提醒一直留意著外面的事，這會兒剛好得了消息，急急進來回稟。「鄭大人也在外面跪著了！」似乎是想到趙慶是兩口子，後面便又添了一句。「鄭夫人還沒見過來。」

陳軒點點頭，揮揮手叫小廝出去，才又轉頭看向劉鐵。「你看，沒一個蠢人……頂多也就是家裡人不懂事了些……」

「家裡人不懂事？修身齊家治國平天下，鄭大人、趙大人既然連修身齊家都做不到，又何談治國平天下？我看不如叫兩位大人回去多讀讀書，待長進了，再叫回來吧？」

「這也是個辦法，那按你的意思是不是要讓兩人再也沒有長進的時候？以後外面人說起來，大家都會說，鄭、趙兩位大人只因為家裡婆娘說錯了一句話就被陳大人給處置了，跪下謝罪都不行，還險些搭上一大家子的性命。那以後還有誰敢為我做事？誰還敢跟我說一句真話？」

「這……」

「你當趙慶他們為什麼那麼乾脆的跪下，還是人來人往誰都能看到的門口？那就是來堵我們嘴的……」陳軒走過來拍了拍劉鐵的肩膀。「所以，出來做事，做任何決定之前都要深思熟慮，該忍的就得忍。阿鐵，你要學習的還有很多。」

說完，陳軒就擺擺手叫劉鐵出去了。

而後陳軒親自帶著小廝迎出門，將鄭、趙二人「強勢」扶了起來，又作勢要去扶兩個女人，兩個女人哪敢叫陳軒真的去扶，趕緊從地上爬起來。

陳軒也不勉強。「剛剛下人來回，我這不明就裡，便叫人去打聽了一番，才弄清楚，倒叫兩位大人與兩位夫人受累了。」

鄭、趙二人哪敢應承，連番道歉。「拙荊口無遮攔，在宴會上闖下大禍，然實非成心，萬望大人千萬見諒，千萬見諒，待回去，屬下定好好教導。」

鄭、趙兩位夫人在後面一副羞愧的樣子，也是連連道歉。

陳軒似模似樣的點點頭。「教導確實還是要的，這口無遮攔，什麼話都敢往外說，可不是她們這個身分該有的品德……今天這事還罷了，萬一日後再惹出更大的事情來……」

「屬下回去定好好教導。」鄭、趙二人一邊詛咒發誓，一邊心裡也在暗罵旁邊不省事的兩個婆娘，想著回去定要好好收拾，絕不能輕饒了去。

陳軒滿意的點點頭。

「如此自是最好不過了。」說完陳軒話題一轉便說起了兩人工作上的事情，又表示了一下對兩人的看重。待覺得差不多了，才笑著言道手邊還有些公務沒有處理完，鄭、趙二人自然是感恩戴德的拉著各自的婆娘告辭了。

出了衙門，幾人都大大鬆了口氣，鄭夫人甚至嘴裡還嘀咕了一句。「大人看著還挺好說話的。」

「妳給我閉嘴，回去再跟妳算帳。」

鄭大人被鄭夫人這個蠢貨氣得嘴角直打哆嗦，要不是鄭夫人肚子實在爭氣，家裡一溜兒子都是出自鄭夫人的肚皮，他休妻的念頭都有了。

呵斥完鄭夫人，鄭大人轉頭陰惻惻的看向趙慶。「趙大人今天這事做的不太地道啊！」

「大人何出此言？今天這事可是令夫人先挑起來的。」他還沒怪對方連累他們呢，對方倒是先叫上屈了。簡直不知所謂。

「是，也是我家這個沒腦子，這才叫人挑唆一步步往人坑裡跳。」鄭大人說著，看了旁邊低著頭的趙夫人一眼，眼帶凶戾。「不然，今天趙大人又怎麼能有今天的收穫？」

別看趙慶兩口子又是下跪又是賠罪，好像很狼狽的樣子，其實得到的實惠多了去了。最起碼就今天這事，陳大人根本不可能懲罰趙慶，不僅不能懲罰，因為趙慶比他早去賠罪，識時務，又是這次事件順帶的受害者，陳大人不但會獎勵他們，還會大大的獎勵，這才能體現大人的心胸。

而他呢，卻要事後承擔大人全部的怒火……

「鄭大人的話，我不太明白。」

「嘴上明不明白有什麼關係，心裡明白就行了。不過……」鄭大人頓了一下，嘲諷道：「趙大人可別聰明反被聰明誤，這個世界上可並不是只有你們兩口子是聰明人，哼！」

說完，鄭大人轉身大步走了，鄭夫人忙小跑跟上。

待鄭大人兩口子走遠了，趙夫人才焦急的看向趙慶。「會不會真的弄巧成拙？」

趙慶搖搖頭。這事，其實還真不在計劃內，本來沒打算這麼快出手的，後頭有更穩妥的方式，但弄不弄巧成拙也已經這樣了。因此只能自我安慰。

「放心吧，不會的。」

「大人那邊看剛剛的情況應該是不會，可是我擔心陳夫人那邊。」女人總是比男人更記仇，枕頭風的威力又大。「我們之前的計劃是不是應該加緊步伐？表妹貌美，又是個才女，跟陳大人甚是相配，若是能進了陳大人後院，定會將那出身鄉野、粗俗不堪的陳夫人比下去，屆時也能幫夫君說上話。」

到時候夫君得了好前程，又能除去情敵正好一舉兩得。

「這……行吧，回去我就找人安排。」最終對仕途的慾望以及心底隱隱的不安，戰勝了對美色的慾望，趙慶只得忍痛捨了到嘴邊的熟鴨子。

只是這兩口子計劃的雖好，卻沒考慮陳軒這個當事人願不願意配合著把美人收下。

另一邊，因為心情不太好，一直挨到暮色降臨，劉杏花才從劉府離開。

未料到家推開院門，陳軒竟然坐在臺階上等她。

「晨晨沒回來？」

劉杏花頷首。「他想跟小定、平平一起睡，明早再跟他們一起回來上課。」

陳軒點點頭，卻是一動未動。

「你不進去？」

「今天鄭、趙兩家……我沒處罰，不僅沒罰還笑臉相待……」

「我都聽老四說了。」老四還勸她回來別跟陳軒置氣來著，說陳軒心裡也不好受，可是他有他的考量。

「妳不怪我？今天晨晨受了委屈，我卻沒能站在晨晨那一邊給他撐腰。」

劉杏花點頭又搖搖頭。「原本有些怨，不過看你這樣就不怨了。跟我說說那兩家吧。我不相信那兩個是真的口無遮攔。」若真的口無遮攔，怎麼之前沒有傳出這樣的名聲，各個都是能說會道標準的官家夫人，今天突然就不會說話了？

「自然不可能真的口無遮攔，不過是互相算計罷了，趙家那個技高一籌。」

「那你就真的沒做點什麼？」這可不像陳軒的性子。

「挑撥了下兩人的關係算不算？」

「那你接下來桃花運應該不錯。」之前這兩家在送女人這一塊上就一個賽一個的積極，現在受了刺激也不知道會不會出什麼新招？

這一次或許家裡就真的要有其他女人了？想到不久之後這個院子將會有一個甚至多個女人的存在，劉杏花突然覺得有些呼吸急促，喘不過氣來，甚至有些暈眩。

「怎麼了？杏花？妳怎麼了？杏花？」陳軒很快就發現了劉杏花的不對勁。

陳老爺子聽到外面動靜，也忙扶著牆出來看。

陳軒又急急讓人去請大夫，等到大夫過來，開了藥，劉杏花喝了藥睡下，已經到亥時了。

「爺爺？您還沒睡下？」老爺子屋裡燈還亮著，陳軒進來一看，老爺子竟然還沒有睡。

「我有些話要跟你說。」陳老爺子衝陳軒招招手。

「爺爺您說，我聽著。」

「阿軒，你跟爺爺說實話，你有沒有納妾的想法？」

陳軒愣了下。「爺爺怎麼突然問起這個？」

「你只說你的想法，莫管我怎會問起來。」

陳軒認真的想了想，才道：「沒想過主動納，不過如果妾室乖巧聽話也不排斥。」畢竟世情如此，陳軒打小就是在這樣的環境下長大的，也沒受過一夫一妻教育，自然不會多想。

陳老爺子點點頭。「若是這樣，那你就莫要納妾了，反正已經有了晨晨，咱們這一支也不怕後繼無人，弄那麼多女人回來，反而後宅不寧。你媳婦那邊，你有時間也跟她說道說道，讓她安心，我看自打那些人要給你送人，她待你都不如從前了，你這做丈夫的都沒感覺到？可莫要冷了你媳婦的心再後悔……」

老爺子人老成精，又是局外人，自然看的分明。

陳軒這個局內人卻是被老爺子點了一下，才反應過來。

不過也難怪，每天衙門裡那麼多的事情需要他處理，回來有時候也不得閒，人總共就那麼多精力，公事上多用一些，自然其他地方就會少用一些。不過陳軒是聰明人，老爺子一說，再仔細回憶了一下兩人剛成親到今天一起度過的這幾年，陳軒很快就發現了劉杏花態度乃至行為上的一些細微轉變。

陳軒捏了捏眉心，思量著該如何處理這件棘手的事情。作為丈夫，陳軒自然希望能從劉杏花這裡得到丈夫該得到的一切，愛、尊重、崇拜、疼惜……可是很明顯，事實並不像他想的那樣。

他一定是哪裡做的不好。許是當初，老爺子摔傷的時候自己不在她身邊，讓她傷了心？還是就像老爺子說的，到這邊，太多的人想著給他送女人，讓她不安？還是今天他沒有替他們母子倆撐腰，讓她不滿？

陳軒腦子裡想了無數種可能，想到最後都覺得自己好像確實做得差了一點。不，差了很多。換位思考一下，自己也會很不滿意。這樣一來，陳軒眉頭蹙得就更深了，一直以來，他自我感覺都挺好的，覺得自己公事私事都處理得不錯，卻沒想到……

「你這一夜都沒睡？」生理時鐘已經養成，不是一下子就能改的，所以劉杏花第二天醒得很早，醒來就見陳軒坐在床頭出神，不知道在想些什麼。「快去歇會兒吧！等會兒不是還要去衙門？」

陳軒從亂七八糟的思緒中驚醒，下意識搖了搖頭。「妳醒啦！有沒有哪裡不舒服？」

劉杏花跟著搖頭。

「那個，昨天爺爺說我了。說我讓妳傷心，讓妳沒有安全感……我原本是沒想到這些的，我以為讓妻兒衣食無憂就可以了……」這是這個時代普遍的想法，因為女人地位低，並沒有太多人會去理會女人的意願。「可昨天晚上想了想，自打我們倆成親，我這個丈夫做的確實有很多不足。昨天的事情，我應該跟妳解釋一下。我並不是就這麼放過了他們，只是不能現在懲罰，妳能明白嗎？」

劉杏花沒吱聲，她可以理解陳軒所處位置的諸多顧慮，可理解並不意味著就贊同。她想要的是她的丈夫能夠無條件的站在她跟孩子的身後，給予她支撐和保護。

然而，在陳軒心裡公事永遠都是第一位的，一如當初，她剛剛生下晨晨不久，他就不顧家裡情況毅然選擇離開追求他的事業……

「妳還是不……」願意原諒嗎？

劉杏花擺擺手，打斷了陳軒。

「我之前確實有些怪你。可是小定他娘跟我說，每個人都有自己的行為準則、行為方式。我不能苛求你按照我的想法去做事情，那你就不是你了……我知道你所做的一切也都是為了我們娘倆好。我只希望，你以後做到關係我們娘倆的決定時，能夠知會我一聲……」

這場談話持續的時間並不長。可它引起的後果卻是長遠的。之後的幾十年，陳軒都遵循著這個約定。

接下來幾天家裡平靜無事，劉杏花便往娘家多跑了幾趟。

「最近姐夫好像變了不少。」

劉杏花點點頭，是變了一些。以前她出來也就出來了。他自己到了下值的時間會直接回家。現在倒是知道繞道來劉家接她了。回到家裡也會問問她這一天都做了什麼？有沒有什麼不開心的事情？比兩人剛成親的時候都還要貼心。

而鄭、趙兩家想著給他送女人的事情，也被他快刀斬亂麻的解決了。

如果說陳軒以前是百分百撲在工作上的工作狂，那麼現在就是工作家庭兼顧的好男人。

按理來說，劉杏花應該高興才對。可她總是不安，她怕她習慣了這樣的陳軒，以後如果陳軒又變了，屆時她會受不了。

人總是這樣患得患失。

「姐，妳也不必想那麼多，珍惜當下才是最重要的。以後的事情誰知道呢？」說不定什麼時候人就沒了，或者到了哪一天，自己就先放開了。男女都一樣，真正會為了感情的事情歇斯底里的也不過就那幾年，過了那段時間，自己就看開了。

劉杏花點點頭。她這個弟妹呀，也不知道那心是怎麼長的，總是能說出很多讓人心服口服又無法反駁的道理。「放心吧。對了，妳娘家那邊最近有消息嗎？」

王蓉笑著點點頭。「剛送過來一封，是不是姐夫問起嫂子的事情了？」

「那是他唯一的親妹妹，又遠在千里之外，肯定是念著的，不僅是他念著，老爺子也念著呢。」老爺子年紀越來越大，身子骨也不是多健壯，之前提過好幾次，怕自己死前不能再見孫女一面。若不是現在外面太亂實在不適合出門，恐怕陳軒早派人去把王家人接到林州城來了。

王蓉頷首，不說陳家，她自己也念著呢。那可是她娘家，有待她最好的親人。「二姐放心，嫂子好著呢，原本我也要去跟你們說一聲的，嫂子又有身孕了。我娘盼著她能給王家再添個大孫子，伺候的可精心了，說是吃得好，喝得好，面色紅潤得不得了。孩子也都好。」倒是二嬸……也不知道是受了什麼刺激，病情竟然又加重了。

想到二嬸張氏，王蓉心下便嘆了口氣，要是王成還活著就好了。

「怎麼了？可是有什麼不好？」

「是我二嬸……」

王蓉二嬸的情況，劉杏花也清楚，卻不知道怎麼勸。「心病還須心藥醫，妳那兄弟說不定人還在呢！總是個念想。」

是啊，大家也都這麼希望，只是，人海茫茫，就算是活著又到哪兒去找呢？

「好了，不說這個了。說點高興的，婷丫頭家裡昨兒才送了消息過來，說是懷上了。」

「真的？那可是好事！」

可不？這個時代女人只有有了兒子才算是站穩了腳跟。王婷嫁進周家後，雖說日子過得還不錯，可誰還會嫌日子過得更好了？

「我準備了些東西打算明兒去周家時帶著，二姐幫我看看有沒有什麼不妥的？」說著王蓉便不由分說，拉了劉杏花往自己屋裡走。

劉杏花笑著任由王蓉施為。

姑嫂兩個到了王蓉房裡，把王蓉準備的東西一樣一樣拿出來看。時不時的還要品評兩句「這個好，這會兒就用得上」、「這個得要過些日子才能用得上了」。

品評完東西，劉杏花突然想起一件事。「我前兩天隱約聽到妳姐夫說，上面似是有意提拔周清做一方主官。只是沒聽真切，也不知道真假。」當時陳軒還說了陳侯有意讓他去落花城，似乎是前一個落花城的主官做得讓陳侯不太滿意。

王蓉一聽很為王婷欣喜，只是畢竟是不確定的事，她也不好多問，便又跟劉杏花說起狗蛋跟王梅的親事。

「事情已經定下了，日子還在商量。娘自然是想著早一些的，畢竟狗蛋不小了，可是王家姑娘還小呢。」

要是太早讓出門子，就要有人說閒話了。

「再一個，家裡大哥大嫂那邊也要去封信說一下。」怎麼樣也是親爹親媽，就算是親事拜託給他們了，還是得讓人家知道才是。

「是這個道理。」劉杏花點點頭。「不過算來也要不了多久，這還是咱們劉家第一個小輩成親，我這做姑姑的到時候可得表示表示。」

「哈哈，想表示還怕沒機會？狗蛋後面接著是狗娃、山子、大丫，快著呢。」等狗蛋這邊忙完了，金氏肯定又要往外面跑，去給另外兩個孫子尋尋媳婦了。

可不快著嗎？她出嫁的情景似乎還在眼前，家裡的小輩就已經到了談婚論嫁的年紀了。再幾年可能都要娶兒媳婦了，這時間過得是真的快。

# 第二十九章

第二天，王蓉拜託李氏幫忙帶半天小兒子劉章，她自己帶著禮物到周家拜訪。

原以為會是王婷出來迎，沒想到會是周清他娘。雖然有些詫異，王蓉面上卻不顯，親親熱熱的跟人打了招呼，又寒暄了幾句，這才去見王婷。

「姐姐來了？」

「妳別動、別動，我自己過來。」

王婷笑笑，也沒堅持，待王蓉走近了，才起身引著王蓉到邊上坐下，姐妹倆一處說話。

說話間不可避免的提起了周清他娘。「不是已經分家了？怎麼會在這邊？」

「是分家了，只是我不是懷孕了嗎？相公怕我年紀還小，不懂，這才請了娘過來照顧一下。平時也就白天相公去衙門了才過來，晚間就回去了，並不住在這邊。」

「這樣好，不會有太大矛盾，也不怕妳一個人在家出事。」只是……「不能一直都這樣吧？」如果她沒記錯，周清大哥那邊也有一堆事情呢。

「是不能，也就前三個月，後面……相公說會買個小丫頭回來，一來幫著做活計，二來也陪我解解悶。」

王蓉聽了一挑眉，倒沒看出周清還是個這麼貼心的……

周清的任命狀是二十天之後下來的，跟著一起下來的還有陳軒調任落花城第一長官的任命。

接到任命的當天，家裡自然是高興的，畢竟落花城可比三個林州人口，陳侯能夠做出這樣的決定是對陳軒能力的極大肯定。可與此同時，帶來的問題也不少，最大的一個問題就是宅子鋪子的問題。

陳軒調任落花城，劉鐵肯定是要跟著一起去，可劉銀、劉錫並不走，那林州城的房子鋪子該怎麼處理？劉鐵、王蓉一家四口去落花城肯定得買個宅子，總不能租房住吧？

「鋪子賣掉一個，屬於公中的那個留著，宅子和後面帶花園的那個院子賣了，正好前些天有人看中了想買，其他的暫且先讓家裡人住。」

一個鋪子能賣到兩、三百兩銀子，帶花園的大院子也能賣個三、四百兩，加上他們積攢的到了落花城也能買一個不錯的宅子跟鋪子。他們只一家四口，他還有俸祿，足夠用了。

王蓉算算也覺得差不多，故而點點頭。「行，那就這麼辦。回頭得了銀錢，你帶些在身上，到了落花城若是有時間就找人打聽打聽那邊的宅子鋪子行情，我再去問問二姐，她那邊肯定也要置辦的，要是能一起就一起置辦下。」

到時候等她們過去，劉鐵這個負責打前哨的都安排好了，還省了她們的事。

時間緊張，兩口子商量好便急急分頭行動，王蓉去尋劉杏花，劉鐵去找金氏、劉老頭說宅子鋪子的事。

「只賣一個鋪子跟後面那宅子？銀錢夠嗎？落花城那邊的宅子鋪子應該比林州要貴多了吧？」

「是啊，窮家富路的，還是多帶些比較好，不行就在側邊開個門，把前院也賣了得了。反正現在前院也空著。」

「你二嫂說的對，還是多帶些，萬一不夠呢？」

劉鐵想說他們手裡還有些積蓄應該夠了，實在不行，宅子買小點也就是了。結果金氏下一句話就叫他閉了嘴。「再一個，之前不是都說好了嗎？這本就是你媳婦的嫁妝，現在她要跟著你去落花城，自然應該賣了銀錢帶走。原本這個院子也該一併賣了叫你們帶走的，只是我跟你爹還在這住著……」

「那就聽娘的？」

「就聽你娘的。」

既然劉老頭也發話了，劉鐵也就不矯情，只是這個宅子急著賣，怕是賣不上什麼好價錢。

結果，還沒等劉鐵把要賣宅子的消息透出去，就有人找上門來了。

「家裡孩子都大了，想著把小的分出去，又怕小倆口不會過日子，就想把房子買近一些，好照顧……」

「近倒確實是挺近的。可是，您到底是咋知道我要賣房子的啊？」劉鐵看向半路攔住他的鄰居大娘。

「不賣？不對呀，你娘親口說的……說是你們要去落花城買房子，手裡銀錢不湊手，連價格都跟我們說了，一百八十兩，雖說這個價是有點小貴，可位置實在合適我也就懶得再跟你磨那十兩、八兩的了。」

沒想到還是個大方的？還真不像老娘口中平時會為了一、兩文錢跟菜販子扯皮半天的主。只是他現在真的趕時間。「大娘，這樣，您看我這衙門裡還有事情，要不，回頭您去跟我娘說這事？我娘就能做主。」所以不用特意找上他。

「這樣啊，那，也成吧，那我回頭去找你娘……」可找金氏，一百八十兩肯定就買不下來了。

大娘無奈的搖搖頭，看來好不容易想出來的省錢法子是泡湯了。

前後宅子因為有目標客戶，賣得很快，兩、三天交錢、衙門過戶就都搞定了。鋪子那邊麻煩了一些，現在租著鋪子的那一家想買，可手裡銀錢差一些，其他人去了幾家看的也都各種各樣原因沒看上，要麼就是壓價壓得太厲害。

眼見著離開的日子越來越近，王蓉反而沒那麼急切了。「不行就還是先這麼著，反正有爹娘在，租子叫他們先幫忙收著就行了。」反正金氏、劉老頭也不會吞了該給他們的那份銀子。

「那也行。」

兩口子把想法這麼一說，金氏她們也不再每天往外跑，急著幫他們推銷了。

十月初，劉鐵帶著一行人先行去了落花城。

半個月後，王蓉帶著兩個孩子，辭別金氏等人，跟著劉杏花、陳軒一行一起浩浩蕩蕩的趕往落花城。

路途走了一半，陳軒也不知道收到什麼消息，只叮囑她們不用著急，又安排好這一路照顧的人，就先騎馬走了。留下王蓉他們不緊不慢的慢慢朝落花城去。

上一次從落花城到林州時，落花城還不是陳侯的地盤，那時候這條路上匪盜可不少，老百姓看著面上都沒什麼氣色。

這一次則完全不同，王蓉在路上看到了很多高高興興的跟著家人出行的老人孩子。臨近落花城時，還偶遇了一支娶親的隊伍，吹吹打打好不熱鬧。進了落花城，街上的攤販、行人也明顯比上一次多了不少，坐在車上耳邊還能聽到此起彼伏的叫賣聲。

「弟妹，回頭等安置好了，咱們就來逛街？」

「好啊！」

這一次過來很多東西都沒有帶，要添置的東西可不少呢。

說話間，王蓉的車子已經到了落花城的進士巷前，劉杏花她們則繼續往前面的梧桐巷去。

剛進巷子口，就見旁邊矗立著兩座進士碑，據說進士巷就是因為這兩座碑才得名的，可惜時光荏苒，後輩子孫不孝，當初留下這兩座進士碑的人家早已從進士巷裡搬了出去。

繼續往巷子裡走，走了約莫有兩百公尺，車子終於在一個門前放了兩個下馬石的大門前停了下來，這裡就是劉鐵置辦的新家所在地。

劉鐵給陳家置辦的梧桐巷宅子在隔壁，據說地方要比這個宅子大上一倍，也更精緻。當然價格也很驚人，他們這個宅子花了三百兩，梧桐巷那邊的宅子則花了六百多兩。

從車上下來，王蓉先把小的抱下來，才轉身要去接大的，劉定已經自己從車上跳了下來，蹦蹦跳跳的跑去拍門。

很快裡面就傳來一個蒼老的聲音。「來了，來了！」

王蓉詫異的看了一下旁邊的門牌，沒錯啊？怎麼會有老人？正疑惑著，門已經從裡面打開了。

一個五、六十歲，鬚髮發白的老人，恭恭敬敬的站在門前。看到王蓉母子，老人倒是沒多詫異。「是少奶奶跟兩位小少爺吧？我是福大娘，是少爺剛買回來的僕婦。」

「福大娘？妳說的少爺是？」

「是劉鐵少爺。」見王蓉還有些遲疑，福大娘進一步解釋道：「少爺有時候要跟著大人出去不在家，怕少奶奶一個人照顧兩位小少爺照顧不過來才買了奴婢祖孫兩個，奴婢還有個小孫子叫瓦頭，今年八歲了。」

正說著那叫瓦頭的小子已經聽到動靜跑了過來。「奶奶？是少奶奶、小少爺來了嗎？」

「是啊是啊，瓦頭快過來給少奶奶跟兩位小少爺行禮。」

那瓦頭也實在，竟然跪在地上就砰砰砰磕頭。

王蓉見了趕緊叫起，對方卻還是一連磕了三個才爬起來。然後也不知道疼，就傻呵呵的衝王蓉笑。

「少奶奶莫怪，瓦頭小時候發燒燒壞了腦子，有點憨，不過瓦頭很聽話，做事也麻利，您要做什麼儘管吩咐他，他力氣也大。」

接著王蓉就見識了瓦頭的大力。那是真的大，那麼大的包袱，裡面雜七雜八的裝了不少東西，就是一個成年漢子恐怕也會很吃力，瓦頭一個八歲的孩子竟然搬得動！

「娘，瓦頭好厲害！」

王蓉附和點頭，是挺厲害的。最起碼這把力氣沒幾個人能趕得上。

幫著搬完東西，瓦頭也沒歇，福大娘又叫他去劈柴巷子口挑水，她自己也手腳麻利的進廚房給王蓉母子三人做了一頓飯。可能也是怕王蓉這個少奶奶嫌棄，祖孫兩個幹活幹得很賣力。

王蓉心下點頭，不管是故意表現還是平時也這麼勤快，最起碼有這個態度，她還是很高興的。

高興完就開始帶著孩子參觀他們的新家。

新家是一個小兩進，第一進地方不大，只有兩間倒座，兩間正房被裝飾成了待客的地方以及書房，左右兩邊沒有房間，靠牆的地方被人細心的開出來兩塊菜地，此時地裡空空的，也不知道是還沒種，還是已經種上了，沒有出芽。

第二進地方比較大，正屋三間，左右兩廂各有兩間廂房，院子中間還有座小花園，這個季節花早都敗了，小花園裡看著有點蕭瑟。小院西北角的角落裡點綴著一小片翠竹。

王蓉原本以為那後面還有什麼景，去看了才知道，那邊是茅房……

正屋最左邊的房間裡簡簡單單放了一張床、一個衣櫃、櫃子裡零零散散的放著些衣服什麼，能看出來這裡應該是劉鐵住的地方。其他幾間除了廚房，都空空盪蕩的。

「少爺說是不知道少奶奶喜歡什麼樣的，等少奶奶過來了再佈置。」

能夠自己動手佈置自己的家，在很多人看來都是一件很幸福的事情。王蓉自然也一樣，只是幸福的同時也免不了一番辛苦，因為要自己設計、規劃、買東西，還要把它們一一放到合適的地方去。只這一波，王蓉就整整忙了將近一個月，人都累瘦了一圈。

「妳已經算是好的了，最起碼妳接下來就可以休息了，我還要忙上好一段日子呢……」劉杏花更慘，作為一個地方一把手的夫人，夫人外交那是她必要的工作。想躲懶都不行。

「能者多勞嘛。」王蓉幸災樂禍的笑，想到明天就能睡個好覺，王蓉面上的笑容就更盛了，渾身的疲憊都似乎輕了幾分。「要不，妳把宴會的日子往後調調？先歇上兩天？」

「怎麼可能？日子是早就定好的，怎麼可能因為我累就調日子？再說，就算真的往後調了，我這心裡不還是念著這事？倒不如直接辦了，後面再好好休息。」

「那倒也是。」王蓉點點頭。「晨晨那邊這幾天妳要是忙顧不上，不如就叫他在這邊住上些日子？」

「行啊！」劉杏花也沒客氣。「回去我就跟谷夫子打聲招呼，請他這段時間暫時到這邊來上課。」

劉定、晨晨之前在林州城的夫子拖家帶口的沒能跟過來，這個谷夫子是來落花城之後請的。前朝的秀才，肚子裡頗有些墨水，教導孩子循循善誘，因材施教，跟這個時代大部分的刻板夫子不同，幾次課上下來就很得兩個孩子喜愛、尊敬。

有時候劉鐵事兒忙不得空，王蓉去接劉定，碰巧在旁邊聽聽課，谷夫子也不會像一些刻板的夫子那樣攆人。因此，王蓉對谷夫子的印象很好。

為了谷夫子能夠滿意，在谷夫子答應過來上課後，王蓉還特意帶著福大娘將前院劉鐵的書房好好收拾了一下，並親自準備了點心茶水。

「少奶奶何必自己動手？點心外面多的是賣的，也不貴，花個十幾個銅板就能買上一碟，少奶奶自己做又是煙燻又是火燎的何苦來哉？」

「那怎麼能一樣？」王蓉笑著搖頭。「外面賣的點心要麼粗糙，要麼貴，哪如自己做，好吃還不貴？」不過，這麼多年了，她也就會做個棗泥糕，再要做別的，她肯定就不行了。

還好，雖然次次都是棗泥糕，谷夫子也沒嫌棄。反倒是劉定、晨晨兩個小兔崽子先吃膩了，跑來提要求。「娘，明兒您別再做棗泥糕了，咱們明兒吃巷子口的桂花糕吧？」

桂花糕，一碟子十六文，倒也不是吃不起，只王蓉覺得兩個小兔崽子還是需要教育，有得吃還挑三揀四的，所以當天晚上劉鐵從外面回來就跟他說了自己的想法。

「妳想帶他們去城外看看？」

王蓉點點頭。「他們從小就沒吃過太多苦，不知道如今這好生活得來不易……」若是條件允許，王蓉甚至想把兩個孩子扔到鄉下村裡的貧窮人家過些日子，吃吃苦頭，這樣才懂得珍惜。可惜條件不允許，那就只能親眼去看看，瞧瞧普通老百姓是怎麼過日子的？

「去看看也好。不過不用妳去，我最近正好在下面跑，過兩天休沐讓他們跟著我出去跑一天就行了。小孩子就是忘性大，記得之前在林州東城外寺廟著火他們也去看了的……」

「所以這樣的教育得隔一段時間就給他們來上一次。」非得給刻到骨子裡去才行。

劉鐵聽了笑著搖頭。「妳要覺得有必要，就記著，反正我全力配合。不過依我看，做這些都不如讓他們多下幾次地，等忙過這陣子，我去城外買上幾畝地得了？到時候我帶著他們一起種。」

「你有時間？」

「這個還真不一定有，不過我沒有別人有啊。對了，我還沒來得及跟妳說呢，姐夫說等過了年騰出手來就讓人回一趟山凹里，把大哥、三哥和岳父岳母他們都接過來。」

「到時候那麼多人，還怕找不到人伺候幾畝地？

「真的？」王蓉高興得一下子蹦了起來，待得到劉鐵確定的點頭，接著情不自禁的眼淚就落了下來。

劉鐵上前一步，將人擁到懷裡，也不說話，只摩挲著王蓉的後背安撫，待王蓉平靜下來，才笑著道：「本是想給蓉娘個驚喜，沒想到竟把人給惹哭了，倒是我的罪過了。」

王蓉不好意思的搖頭。「這是太高興了，喜極而泣。」

一想到再過幾個月就能見到親娘。王蓉激動地全身上下的細胞都在顫抖。恨不得她娘下一刻就出現在她的眼前。

因為這種極致的期盼，接下來的日子對王蓉來說分外的煎熬。就連準備過年的物什都準備得有些漫不經心的。過年出門走動就更沒有什麼精神了。

這樣的日子一直持續到三月底。前往山凹里接人的人送了信回來，說是他們已經接到了人，正在往落花城來的路上，再過半個月就要到落花城了。

王蓉突然一下就來了精神，開始各種收拾準備。

早在接人的隊伍離開之前，劉鐵、陳軒就已經商量好了。陳家那邊宅子大，等幾家人過來，王家人就先住陳家那邊。劉家大房、三房，劉鐵這邊房間有限，安置不下。乾脆在隔壁給他們又租了一個院子。這樣一來大家住得近，也好就近照顧。不過，狗蛋兒跟王梅的親事就定在明天春天，不知道到時候大嫂會不會想要去林州那邊。當然這些都是後話。

「來了，來了！」

小半個月後，落花城外遠遠來了一條長長的商隊，塵土飛揚。若是以往遇到這樣的情況，王蓉早跑一邊躲避煙塵去了，這會兒卻特意找了一處高高的地方站著，還踮著腳尖往前面細看，恨不能此時此刻手裡能有個望遠鏡。

「小定他娘，妳看清了嗎？」

劉杏花眼神比王蓉還不如，顧忌著身分又不好爬高，只能乾著急。

「別急別急，我再看看。」煙塵太大了，能見度不高，距離又太遠，王蓉也看得不是很清。

待那隊伍又往前走了一段，王蓉總算能看到人模模糊糊的影子。「是！是他們，是爹他們，爹！娘！」

確認完，王蓉已經迫不及待的從高處跳了下來，拔腿就往商隊的方向狂奔，一邊跑，還一邊不忘大喊。

# 第三十章

遠處的牛車上，劉氏正舉著水囊給小孫子餵水，手上突然頓了下。「栓子，是不是我聽錯了？我怎麼感覺聽到你妹妹叫呢？」

「不會吧？是不是娘聽錯了？」這還沒到落花城呢。

「沒聽錯，我也聽到了。」王大富在前面趕車。聽到疑似女兒的叫喚聲，直接把牛車停了下來，整個人站了起來。

居高望遠，站在牛車上，憑藉著高度優勢，王大富很快就看到了跑在前面那熟悉的身影。「是、是丫頭，是丫頭來接我們了！」王大富激動的聲音都在發顫。

「真的？人呢？在哪兒呢？」劉氏也心急的一把將小孫子塞到兒子懷裡站了起來。可惜劉氏現在年紀大了眼神兒不太好，只能看到個模糊的影子。不過那也很開心了，因為她很確定那就是她的閨女。「老頭子趕緊趕車，快！我們去見閨女。閨女就在前面呢。」

「好，好，妳先坐好了。我這就趕車、這就趕車。」

王大富連抽了老牛好幾下，抽得老牛差點尥蹶子。

終於，兩方越來越近。還有一些距離，王大富已經停了牛車，一下子從牛車上跳了下來。老胳膊老腿的，差點腳下一崴，險些腿都折了。

「爹，你沒事兒吧？」王蓉趕緊快跑幾步去扶，好在扶住了。

「沒事沒事，就是看到妳太高興了。」

一句話，說得王蓉眼淚都下來了，王大富眼圈也有些發紅。

只是礙於這個時代的規矩，父親跟女兒不好太親密。劉氏卻沒有這樣的顧忌，上來就抱著王蓉嚎啕大哭。

劉杏花趕上來，跟陳月、劉家大哥大嫂，劉家三哥三嫂也是好一番敘別離，車隊停了有半刻鐘，兩方人馬才重新上車，往落花城裡面去。

剛進城門，正好遇上收到消息匆忙趕來的陳軒、劉鐵。

眾人自然又是一番見禮。等回到家裡安置好，已經是吃晚飯的時間了。

想著大家一路上奔波辛苦，這頓飯大家便也沒太講究，只是簡單用了。到第二天，休息好了，王蓉她們才給大夥兒接風洗塵。

地方定的是陳家，一個是因為陳家地方大，另一個畢竟當初讓去接的是陳軒，現在人接過來了，有一些工作上的安排還是要說一下的。只是叫大家沒想到的是，劉通一家這一次竟然也跟著過來了。還給他們帶來了一個不小的消息。

「我來之前不久，仁傑來找過我一次，給了我一封信，叫我幫忙遞給阿鐵。雖然他沒細說，不過我聽說現在北邊戰事不太順利，匈奴似乎又有大舉南下的意思，朝廷又斷了給他們的軍資，他們現在恐怕也不好過。」

接風洗塵宴上，有些事情不好說。信，劉鐵便也沒有當即拆開來看。一直到宴席結束，把大家夥兒都安置妥當了，劉鐵才揣著信跟陳軒一起去書房。

「看信裡的意思，他們是想要跟我買糧食。」

落花城的位置偏南方，水多，稻穀一年兩熟。近兩年，雖然因為大環境不好收成有所影響，但糧食還是有富餘的。只是，他們要不要做這筆生意？

「生意要做，但是得先跟陳侯知會一聲。」

北地關係重大。一旦落敗，那麼匈奴就有可能驅兵南下，占我河山，屠我百姓，這是陳軒絕對不能容忍的。

劉鐵鄭重點頭，作為一個土生土長的北地人，他比陳軒更清楚，一旦北地落入匈奴手裡將會是怎樣的生靈塗炭。「那這事兒得快，朝廷早之前就斷了他們的糧食，北地本來就缺糧缺鹽，再晚，那邊的將士百姓們怕是不太好過。」

陳軒也是同樣的想法。「阿鐵，這次你親自跑一趟。把這封信帶上，我再給你寫封信。」說著陳軒當即鋪紙磨墨，不一會兒洋洋灑灑一封信就寫好了。

吹乾墨痕，將信折好放到信封裡，將董仁傑叫人送過來的信也放進去，再細心的封好口，陳軒這才把信交給劉鐵。

劉鐵接過信看了陳軒一眼，轉身就往外走。「我這就連夜出發，姐夫替我跟家裡說一聲。」

劉鐵走的匆忙，直到大半個時辰之後，王蓉才從劉杏花口中得知了劉鐵已經離開的事情。

說不擔心是假的，但人已經走了，她擔心也是於事無補。王蓉雖然心裡有點惴惴不安，卻還是努力讓自己睡下，這樣明天才有精神應付新的事情。

再說劉鐵這邊。因為事情實在緊急，他幾乎是日夜兼程一刻不停的趕到了陳侯所在的前線大營。

陳侯看了信之後，沈思了一下，只說了一句。「就按阿軒的意思辦。」就把劉鐵打發出來了。

從陳侯的大帳出來，隨處可見軍營裡將士們來來回回忙碌的景象，劉鐵看出又要有大戰的樣子，也不敢多待，急急的騎上馬便往回趕。

不過回到了花城。劉鐵還是把前線可能要打仗的猜測跟陳軒說了一下。

陳軒點點頭，道了句「知道了」就沒有再問了，轉而問起了劉鐵今年落花城糧食收成的情況，應該是怕到時候存糧不夠。

「糧食應該沒問題。多的不好說，籌措個幾萬石還是可以的，麻煩的是鹽。」

他們這邊不靠海，也沒有鹽水湖，自己是不產鹽的，大部分鹽都是從東南邊運過來的。現在到處都在打仗，鹽商往他們落花城運過來的鹽也有限，恐怕勻不了多少去北邊。

「一個一個來吧，先解決了糧食再說。」陳軒搖搖頭。「你這邊先把糧食儘量準備好，我讓人給北邊送封信。看看到時候這批糧食，是他們自己來運還是怎麼樣？」

如果是北邊自己派人過來運，那事情簡單，如果是讓他們送過去，那就麻煩了。他只是主管落花城治政之事，手裡並沒有多少兵。

好在，董仁傑他們也想到了這一點，加上把這麼一大批糧食交給陳軒他們來運那邊也不太放心，所以哪怕匈奴已經快到家門口了，還是派了人馬過來運糧。當然，這也側面反映出北地確實非常缺糧。

第一批，八萬石糧草交付後，忙了將近一個月黑瘦了一圈的劉鐵得空在家歇了兩天，也只是兩天，兩天後他就要再次被陳軒派出去。這次要去南方見幾個鹽商，隨行的有一個北地過來的老管家。

顧及到可能存在的危險，陳軒這次特意給劉鐵準備了兩個護衛。王蓉為了心安，還特地去廟裡，求了兩個平安符給劉鐵帶上。

「自己路上小心，我跟孩子們在家等你。」

事情越做越多，離家越來越遠，危險也越來越大。這次去南邊劉鐵要做的事情很多，劉鐵自己也不能保證這一趟一定會順順利利的。因此臨走之前，劉鐵除了跟王蓉交代了一些事情，還把劉定叫到了跟前。

「爹？」

劉鐵摸摸兒子的腦袋，看著跟他有三五分相似的長子，笑著點點頭。「好孩子，爹要出一趟遠門，可能不會那麼早回來，家裡邊的事情你幫著你娘照看一些。」

第一次被交付這麼重要的任務，第一次被信任，劉定又是高興又是激動，連連點頭。「爹你就放心吧！家裡面有我呢。娘跟弟弟我都會照看好的……嗯，我有解決不了的，也會去問大伯、三伯，問二姑、二姑父他們的……」劉定不是個喜歡逞能的孩子，王蓉從小就教導他什麼人解決什麼問題，自己解決不了的要學會求助，所以總體來說他還是比較會借勢的。

劉鐵笑著頷首。「有你這句話爹就放心了。」

父子倆擊掌為盟。

五月初八，剛剛過完端午節，劉鐵就帶著老管家以及兩個護衛出發去了南邊。

男主人不在家，王蓉的事兒卻不少，日常官眷之間的往來、聚會她得參加；新買的鋪子、地，劉定的學習她得管；小兒子蹣跚學步她得陪著；有事沒事還要到大房、三房、陳家那邊去串個門；給林州那邊送點東西。

王蓉的時間排得滿滿當當的。

「妳這也太忙啦，想找妳出去逛個街都沒時間。」

王蓉歉意的朝大嫂、三嫂笑笑。「也是沒辦法，我要有那時間啊，鋪子就不會租出去了，自己做點小生意怎麼的都比租出去強。」

兩個鋪子租出去大的一個月十兩銀子，小的一個月才二兩。聽著是不少，可是這人情往來什麼都要錢。今天張家兒子成親，送上一疋布；明天李家孩子滿月再送對銀手鐲……這點收入，壓根兒不夠看。

「那倒也是。」看來這官夫人也不是那麼好當的，張氏兩個搖搖頭。「還好我們想著妳，喏！給妳買的，看看喜歡不？」

張氏兩個給王蓉買的是一對銀釵，分量不算很重，但是雕琢得很是精緻。這也就是現在大房、三房手裡也都有點積蓄才送得出這麼貴重的東西。要是換了以前，包括王蓉在內她們妯娌幾個恐怕沒人捨得送這麼貴重的東西。

「這麼漂亮的東西怎麼可能不喜歡？就是讓嫂子破費了。」

「啥破費不破費的？妳之前也不是沒送過我們好東西。」他們一到這邊，王蓉就一家送了兩疋布給他們做衣服。又主動提出讓三房的安安跟平平、小定他們一起讀書。他們現在住的房子，第一年的房租也是老四出的，本來他們要給四弟妹，四弟妹死活不收，要是認真說起來四弟妹才是虧大了。

送完禮物，妯娌三個又在一起閒聊了一會兒，閒聊中，說起買地的事兒。「小定他娘，妳那二十畝地，在哪個中人手裡買的？妳去看過嗎？地怎麼樣？」

「這個我還真不清楚。」王蓉搖搖頭。「人是小定他爹找的。不過，我認識一位夫人，她們家最近買了不少地，我可以找她問問。大嫂、三嫂是想在城外買點地？」

張氏點點頭。「跟土地打了大半輩子交道，這乍一下的家裡沒點兒地，心裡總覺得不太踏實。」

王蓉點點頭，表示理解。「那我回頭就問問，得了信就告訴大嫂、三嫂。不過這會兒，莊稼還在地裡，一般人家怕是不會賣地吧？」

「是這個理，這都要看緣分的，先找人打聽著。」

不過，兩人運氣顯然很好。從王蓉這邊問出中人的名字，她們找上門，那中人手裡竟剛好就有連在一起的二十多畝良田，跟王蓉她們之前買的那二十畝地離得還不遠。

賣家想著賣了地，帶著一家老小回老家，要的價錢不高，一畝地才五兩半銀子。大房、三房分一分，然後又湊了一點兒，就將這二十多畝地買了下來。

有了地可能也是有了底氣，兩個嫂子的精神都不一樣了。

之前沒事兒兩人就會過來找王蓉聊聊天，一起做做繡活。現在沒事兒，兩人就約著一起到城外去看地。王蓉因為有事兒沒時間跟她們一塊出去，汪氏甚至還給王蓉帶了一把土回來讓她看……

劉金、劉銅更是磨不過妻子的懇求，特意趁著休沐日出城，在地裡給她們搭了一間木頭小屋讓她們歇腳。

聽張氏、汪氏回來描述，小木屋還搭得怪好看的。汪氏還過來跟王蓉討要了一些不用的舊家具什麼的，說是要去給木屋裝扮一下。

「要不，嫂子乾脆再讓三哥在周圍圍上一圈籬笆，然後院子裡種點花花草草的。回頭等春天到了，咱們一塊兒去小木屋那踏春去。」

王蓉說著玩兒的，沒想到汪氏竟然當了真。回去還特意讓劉銅在旁邊又給搭了一間木屋，說是只一間裝不下多少人，得兩間……

六月中旬地裡的莊稼開始收穫。衙門裡開始忙著收第一季稻穀。整個落花城衙門上自陳軒，下到普通百姓們都在忙著收割的事情。王蓉反而閒了下來。

趕巧之前租他們家小鋪子的那對夫妻做生意虧本，鋪子不想繼續租了，王蓉便想把鋪子收回來，自己做點兒小生意。可是具體做什麼她還沒想好，另外一個她還想找個合夥人。因為鋪子需要人打理，可是她很多時候都沒有時間。

至於合夥人，她也想好了，最好的人選就是張氏和汪氏。

「自己做生意？」張氏、汪氏對視一眼均是眼睛一亮，她們不約而同的想到王蓉還在家裡時想到的棗泥糕。雖然後來利潤是少了一些，但還是一直有在賺的。不然只靠著家裡那些地，這幾年下來她們也存不下那麼多銀錢。

「對呀，大嫂、三嫂，不過具體的要做什麼我還沒想好。大嫂、三嫂有沒有什麼好的想法？」

張氏、汪氏齊齊搖頭，以前她們妯娌在一起，都是王蓉負責出主意，她們只負責幹活。指望她跟大嫂想主意，還是麻溜的算了吧。

「我們可以幫忙幹活，保證不要四弟妹妳沾手。」

「對對對！」張氏跟著點頭。

「那我這幾天先想，想好了，再跟大嫂、三嫂商量？」

「不用商量。」汪氏直接一擺手。「妳想好了就直接告訴我們，我們要做什麼就行。」反正四弟妹也不會坑她們。

「對，還有妳出鋪子又出主意。那我跟安安他娘是不是除了出工，再多出點銀子？做生意總要成本的吧？」什麼都不出，只出力氣，到時候她可不好意思跟四弟妹分錢。

王蓉點點頭，既然是想著一起合夥做生意，那自然要親兄弟明算帳，才能長久。「不過我還沒想好到底做什麼，等確定下來之後，我們一起合計一下成本要多少，再看每個人要出多少銀錢吧？」也免得到時候多了或者少了麻煩。

經歷過上輩子資訊大爆炸時代，王蓉腦袋裡主意肯定是不缺的。可是哪個最好、最適合，這就不好說了，有時候選擇多了也是一種麻煩。當然，另一個也可能是在這個時代待的時間久了，上輩子的記憶越來越模糊，大部分她也只能記得個大概了。

為了更好確定一下自己第一個店鋪做什麼生意，王蓉特地出去把整個落花城跑了一圈，把落花城所有的店鋪根據功能以及目標客群做了一個簡單分類。

然後就是首先排除掉自己目前還不太適合涉足的行業，比如像銀樓這樣子做女子首飾、飾品生意，抑或是酒樓、客棧這種需要店鋪比較大，前期投入的資本比較多的，她們現在還沒有這樣條件。

其次排除掉特定手藝的店鋪，比如說裁縫店、打鐵鋪子、藥鋪等等。最後考慮一下這個時代人的接受能力，最後選出三個還算可以經營的項目讓張氏、汪氏一起討論。

「要不糕點鋪子？這個最起碼咱們之前做過有點經驗。雖然前期實驗新的糕點需要投入一些材料，但也還在咱們能夠承受範圍內。」再說糕點品類可以一樣一樣補充，這樣一來的話可以給她們更多時間。

「三嫂妳覺得呢？」

「我覺得，火鍋、麻辣燙也可以。這個好像還挺簡單的，就是要準備一些菜，其他的都可以用湯底。咱們甚至都不用請大廚，只需要多請幾個負責洗菜的大娘就可以了，成本低，上手快。而且這個是新東西，以前大家都沒吃過，肯定會比較好奇想要嘗鮮，咱們只需要把客人留住就行。但是糕點鋪子……這個城裡那麼多家，光咱們旁邊這條街上就有兩家。咱要是做的不如人家好吃，肯定生意不好。」

汪氏說的也有道理，張氏本身就沒什麼主意，立馬就被說服了。「那我們就做麻辣燙或火鍋？」

「做麻辣燙吧？這個需要的東西比較少，火鍋的話還必須去做鐵鍋子。」現在到處都在打仗，鐵是管制品。拿去做兵器都不夠，又怎麼可能讓她們隨便用？

「不過麻辣燙的湯底我還得再研究豐富一下。」總不能開個店只是一種口味。

湯底主原料王蓉準備用豬大骨、雞架子來熬，然後整體提鮮，王蓉準備用一些蘑菇或者是河蝦曬乾碾成的粉末，這兩樣都比較容易得到，王蓉不愁。

酸味沒有番茄，王蓉想著就用酸菜，這個家裡女人都會弄，張氏更是製酸菜的高手，弄出來的酸菜特別有味道。

麻椒也已經有了。唯一麻煩的是辣椒，這個時代雖然有辣椒，卻只有少量人種植，還只是當作觀賞盆景的存在。所以現在想要大量的辣椒肯定是沒有的，只能買來自己留種自己種……想要辣椒能夠拿到店裡用，還不知得等到猴年馬月？

這樣一來，這個口味就單調了很多，要麼原味、要麼酸湯味。這在王蓉看來是絕對不行的。產品太過單一，沒有什麼競爭力。可她又實在想不出來還能有什麼味道？一時間急得火都上來了。

「要不試試在裡面加點薑弄成辣味兒？」

劉杏花給出主意。

「還可以拌糖做成甜的。」安安喜歡吃甜食，吃什麼都喜歡加糖，比南方人還南方人。

「甜的？」借薑的辣味王蓉還能接受，但是把麻辣燙做成甜的？

王蓉想想都下不了嘴。不過既然方法提出來了，哪怕再挑戰王蓉的認知，她還是做了幾份甜鹹口味的出來分給大家嚐了嚐。

讓王蓉意料不到的是，這個時候的人竟然真的能接受甜的麻辣燙！甚至就連劉杏花都說只要控制甜度，味道還挺不錯的。

後來王蓉分析了一下，出現這個現象的原因多半是這個時候的糖跟鹽一樣是管控品，價格很貴，不容易輕易得到。普通人自然很少能吃到，所以只要是甜的，對他們來說不管什麼都是好吃的。

# 第三十一章

事實也正如王蓉想的一樣，麻辣燙店開張後，甜鹹口味比酸味和原味的都要受歡迎，不僅是孩子，就連很多大人都會隔三差五的過來嚐嚐。

這讓王蓉深切意識到，這個世界與上輩子的不同。

美食坊開業後，王蓉在那邊花的精力並不多，店裡的事大多都由張氏跟汪氏在管。王蓉只每月會帳時過來看一下帳本。

「這個月竟然已經開始盈利了？」

「可不？我都沒想到，生意會這麼好。」汪氏樂滋滋的點頭。「四弟妹，妳說我們要不要趁熱打鐵，在其他地方再開上幾家？」現在正是盛夏，園子裡蔬菜多，就算再多開一、兩家也不怕沒菜賣。

王蓉笑著看向汪氏。「三嫂這是已經有主意了吧？地方選好了嗎？在哪兒開？」

汪氏嘿嘿笑了兩聲，搓了搓手。「地方是安安他爹跟我說的，就在南城那邊。那邊出去不遠有個渡口，平時人流量還不錯。咱們做的這個成本也不高。我想著在那邊租個跟這邊差不多大的店，然後開個分店，應該能賺。」

汪氏是個很有自知之明的人。她男人劉銅是個什麼樣子的人，她也心知肚明。老四能跟著妹夫一路往上走，那是人家老四本身有本事，四弟妹又是個厲害的能幫襯。她家那個，要性子性子不行，要本事本事沒有，也就是個種地的料，現在得妹夫提拔能管著點農事已經算是祖墳冒青煙了。

她自己也就是個普普通通的婦人，這輩子兩口子怕是也做不出啥大能為來。安安，雖然還小，天性卻已經顯露出來了，也不是讀書的料子。再者，這麼多年她就得了安安這麼一個兒子。也不捨得安安多辛苦。能把字識全，將來有堂兄弟，幾個叔伯幫襯找個活計養活自己，她就心滿意足了。

她之所以那麼積極的想要開分店，一個是她自己想賺錢，將來安安成親給置辦個大宅子，另一個也是想還一部分四弟妹的人情。

汪氏的這些想法，王蓉是一點都不知道的，但並不妨礙她鼓勵汪氏大膽去做。為此，她還找來張氏一起，幾個人商量改了以後分店的分成比例。

「以後分店誰開的利潤分潤時誰占大頭，先從總利潤中取出一成歸總店，剩下的……如果初始資金是總店出的，那麼我們三個每個人都有一成；如果是個人出的，那麼其他人不用分這部分，全部利潤都歸個人所有……」

「不行，不能這麼分，這麼分妳虧大了弟妹，當初點子是妳出的，新店不管妳出沒出力都必須至少有妳的兩成。剩下的，再按照妳說的分。大嫂妳說呢？」
張氏自然沒有不應的，反正她又不吃虧。
說完分店的事，想起汪氏她們之前收拾的小木屋，王蓉便好奇的問了一句。
「之前移栽的花花草草大多都活了，我還特意叫安安他爹弄了個鞦韆架，又在附近栽了樹，正好這幾天妳也沒啥事，不然我把鑰匙給妳，妳過去看看？」
「最好把幾個孩子也都帶過去，也算是避避暑。」
近來天氣熱，人本就容易燥，小孩子卻不，精力旺盛得很，安安幾個皮到張氏有時見了都想抽。

幾個月過去，小木屋周圍之前移栽的花草樹木已經長得相當茂盛，映襯得小木屋，頗有一些林中小屋的秀美，只一眼王蓉就喜歡上了這裡。
駐足靜立，感受著小風吹拂，這一刻似乎整個人的心都是靜的。
只可惜，帶著孩子們，這種靜謐並不能持續太久。
很快，發現驚喜的幾個孩子就開始呼喚王蓉。「娘／四嬸／舅娘／少夫人，快來啊！河裡有魚，我們來抓魚！」
鄉下孩子鮮少有沒下河摸過魚的，再者，旁邊那小河與其說是河，倒不如說是小溪，水只有大概成人的膝蓋深，也不怕幾個孩子溺水，王蓉便沒阻攔。不過她自己還要在岸邊攙著躍躍欲試的小劉章，所以只在旁邊盯著。

四個孩子年齡差不多大小，性格卻迥異，抓魚的技術也參差不齊。

晨晨跟小定打小就跟著他們到了林州城。平時大人們忙，他們也要跟著夫子讀書寫字。偶爾出城也就是出去放放風，或者跟著劉銀、劉老頭他們去地裡跑跑，了解一些農事，下河的次數少得可憐，就更不用說摸魚了。

安安、瓦頭則不然，安安在老家長大，山凹里旁邊就有一條河，夏天的時候，男人們會帶著孩子們去河裡洗澡，因此安安不僅會摸魚還會游泳。瓦頭也差不多，不過瓦頭小時候發燒可能確實傷到了大腦，反應是有點慢，屬於理論知識很清楚，下手卻不太能抓得住的類型。

溪水裡，安安一邊做小老師教另外幾個孩子摸魚的技巧，一邊跟晨晨、小定他們說起以前在老家摸魚、游泳的趣事，引得晨晨、小定兩個羨慕的不行。

說話間，小定覺得手下有什麼東西滑過，他下意識去抓，卻只抓了個空。

晨晨那邊也差不多，不僅沒抓到還被魚一尾巴甩了一臉水，逗得小劉章「咯咯」拍手直笑。

瓦頭也在旁邊跟著傻笑。

安安就可靠多了，嘴裡說著話，也不影響幹活，不多時已經摸了一條王蓉巴掌差不多大的小鯽魚，在眾人驚喜的目光中，掐住鰓甩到岸上。小劉章見了當即掙脫了王蓉的手，邁著小短腿跑過去，就要往還在地上蹦躂的魚上抓。

王蓉趕緊伸手去攔，大的就算了，小的等會兒走不動，她可是得抱著的，弄得一身魚腥味，她還咋抱？「小章乖，咱們不抓哦，魚腥……」

但小劉章卻非要伸手去碰一碰，哪怕王蓉用腿把他小身子隔開，他也死命往魚跟前掙，好奇得不行的樣子。嘴裡還念念有詞的叫著。「魚，魚……」

最後，王蓉被小傢伙鬧得沒脾氣了，只能給他把袖子往上捲到胳膊，拉著他的胳膊讓他用手去抓一抓，但是規定好，碰了魚之後，小手沒洗之前不能亂碰其他東西，也不能往身上抹。

小劉章雙眼發光的答應了。

「好了，抓吧。」

王蓉一聲令下，小劉章伸出小手就去抓魚，結果手太小，魚又滑，抓了幾次都沒抓住，小劉章急了，轉頭向王蓉求助。「娘，抓魚。」

「章兒乖，自己抓，娘教你，你看，抓這裡，這裡是鰓。」

「鰓？」小劉章疑惑的看了王蓉一眼，也不知是真的聽懂了，還是無意識的重複王蓉的話。

「對，這裡是鰓，魚鰓，魚用鰓呼吸……」王蓉想進一步將魚鰓弄開一點讓小劉章看，告訴他裡面是紅的，結果求生慾很強的魚突然在地上跳了一下，嚇了王蓉一跳，小劉章更是直接被嚇得一屁股坐地上去了。

小定幾個見了，哈哈大笑。

劉章原本沒想哭的，被幾個哥哥一笑，可能是不好意思了，突然哇哇大哭起來。王蓉好笑的在旁邊的草葉上擦擦手，給劉章抹眼淚。「好了，不哭了，咱們是小小男子漢對不對，男子漢怎麼能被魚嚇哭呢？不哭哦，不哭啦～～」

劉章癟癟嘴，眼包裡還有好些淚，可憐巴巴的好半天憋出幾個字。「哥哥壞……」引得溪裡幾個大的又是一陣大笑。

笑聲中，安安又送了一條小一些的鯽魚上來。晨晨是個厚道的，為了哄章兒，還故意表演了一個被魚撲一臉水的傻樣，瓦頭從木屋那邊拿了個木盆過來，在木盆裡放了些水，將抓到的兩條魚放進木盆裡，看到魚兒在水裡游來游去，章兒才總算是又笑了。

抓完魚，幾個孩子又去盪鞦韆，一會兒你坐我推，一會兒你坐他推，鬧成一團，歡聲笑語看得王蓉內心幾乎化成了一灘水。

「娘，妳抱著小章坐，我來推妳。」

「對，舅娘／四嬸，妳來這邊坐，我們推妳。」

王蓉想要推辭，卻被晨晨不由分說的拉到了鞦韆跟前，按在鞦韆架上。小章一聽盪鞦韆，眼睜得大大的，等到蕩起來，王蓉以為他會害怕，沒想到這孩子不懂不怕，嘴裡還一直咯咯笑。

引得其他幾個孩子推得更大力了，等到小章玩夠了，小定他們都累得直喘粗氣……

「累了吧？先別玩了，咱們先吃點東西、喝點茶水，我記得三嫂跟我說這裡還放了個爐子以備不時之需，咱們看看能不能把摸到的魚給收拾了，我給你們煮鮮魚湯喝。」

「好哦，喝鮮魚湯！」

爐子生起來，魚處理好，沒有配菜，王蓉直接出去轉了一圈在路邊、地頭隨手薅了兩把嫩野菜，還在溪水邊找到一叢野蔥拾掇了，然後便開始煮。

魚鮮嫩，又是野生的，哪怕沒有油，調味料只有一小撮鹽，魚湯熬成奶白色之後仍然鮮美的不行。

「舅娘，這魚湯太好喝了。」

另外幾個孩子跟著連連點頭。「就是少了點。」

一個人才一碗，他們還沒喝夠。「我們等下再去摸幾條魚帶回去吧？」

王蓉懷裡抱著劉章，一邊給劉章挑魚刺，一邊笑著搖頭。「以後再摸吧，都給捉完了，下次再來就沒有了。」

「娘的意思是不是說不能竭澤而漁嗎？」

也不是，就他們幾個小娃娃應該還摸不完，她只是怕他們把自己糟蹋的太不像話了，回去不好交代。不過……道理也是這個道理，因此微風徐徐中，王蓉只是笑著點了點頭。

從小木屋回來，王蓉的生活又回到了原有的秩序中。每天圍著兩個兒子柴米油鹽醬醋茶，不時去外面鋪子裡轉轉，日子過得倒也溫馨。

只是劉鐵自來了一封信說是到了南邊後就一直再沒消息過來，也不知道事情辦得怎麼樣了？

轉眼時間就到了八月，天氣愈發的燥熱難耐。

「今年這鬼天氣，也不知道什麼時候能下場雨，涼快涼快，人都快被曬成肉乾了。」汪氏手裡抓著一把蒲扇，搖得呼呼作響，卻還是滿頭大汗。大碗大碗的綠豆湯喝進去，屁用都沒有。

這氣溫估計有四十度不止，呼吸進去一口空氣都是燙的。王蓉心情也不太美妙，因為天氣太熱，小劉章已經連續兩天都沒什麼精神，跟霜打過的茄子似的，蔫蔫的。

「三嫂，要不咱們找個山上避暑去吧？山上應該會涼快一些吧？這天這麼熱，連小定、章兒都熱到吃不下飯，一、兩天的還好……」時間長了，她真怕出問題。

「誰說不是呢？安安這幾天也是沒精打采的……不過避暑的地方，我還真沒聽說，回頭，算了，正好我現在也沒事，妳等著，我這就去找人打聽打聽。」說著，汪氏迫不及待的就搖著蒲扇出門去了。

外面更熱，烈日當空，知了在樹上叫個不停。

王蓉一邊給蓆子上睡得滿頭大汗的兩個孩子搧風，一邊想著避暑的事兒。

避暑這個想法是王蓉剛剛突發奇想想到的，現在想想倒也不失為一個好辦法。

只是這年頭不像上輩子，想要避暑只要準備好錢，各種好地方等著你挑。如果她沒記錯的話，落花城周圍好像沒什麼高山，唯一一個建在山上，可以提供住宿的寺廟還離落花城有點遠……去一趟並不方便。

那還有什麼地方可以去呢？王蓉苦思冥想，直想到兩個孩子醒來在院子裡打鬧，太陽一點點落下，劉杏花跟著晨晨一起進了門，她也沒想出什麼好地方來。

「妳莫不是傻了吧？不過是找個涼快地方，幹麼非得要出城跑那麼遠啊？大明湖畔不就挺好的？地方近不說，就在城裡，還安全……」劉杏花看傻子一樣看著王蓉。

「大明湖畔？」這個地方王蓉還真沒去過，只隱約聽劉鐵說起過，說是那邊綠樹成蔭，湖光春色很不錯，還說什麼時候有時間帶他們母子去逛逛。記得當時因為這個名字聯想到「大明湖畔的夏雨荷」，王蓉心裡還把這個大明湖給吐槽了好半天。

沒想到，最後即將要把他們從酷暑難耐中解救出來的竟然會是那裡。

「這地方可真涼快。」樹多有蔭涼，旁邊就是湖，小風吹拂，空氣裡都帶著濕氣，似乎溫度也沒家裡那麼高。

劉家三房的女人孩子，加上劉杏花母子倆一行八人，剛一靠近大明湖畔涼快得眾人都直想哭。天啊，現在才知道什麼是十里不同天啊！這地方至少比她們家低了不止十度吧？

「娘，涼，舒服。」就連小劉章都知道哪兒好。

「對，涼快。今晚我們就在這住。」王蓉都沒想到那麼巧，陳家之前竟然在這邊置辦了一個宅子，這次剛好用上。她們能在這多蹭幾天，等溫度稍微降下一些再回去。

其他幾個女人其實也有這個想法，可她們男人都還在家裡，總不能一直把男人一個人扔家裡吧？

「不行，就叫他們晚上也過來住，白天再回去上值？」反正這院子也住得下，十幾間房呢，就是來回跑辛苦一些。

汪氏、張氏聽了立馬眼前一亮，只劉杏花搖頭。「最近氣溫高，城裡已經發生了好幾起火災了，前天那一場火災還死了一個人，晨晨他爹現在每天晚上都要忙到差不多亥時末，卯時不到就要起床，讓他也來回跑肯定不行的。再說，家裡還有爺爺在呢！」

原本今天劉杏花想把陳老爺子也帶出來涼快涼快的，結果陳老爺子聽說她們都是娘們、孩子死活不同意來。這樣一來，她肯定不能多待，哪怕陳老爺子、陳軒那邊都有下人照顧，但劉杏花自己不看著，也不放心。

「那就沒辦法了。」王蓉搖頭。

劉杏花不在意的笑笑。「能來涼快一天，我已經很知足了。回頭我先回去，叫晨晨留下來涼快兩天。這天氣太熱，連谷夫子也受不了了。」不然，這不年不節又不是休沐，劉定、陳晨他們可沒得出來玩。「對了，告訴妳個好消息，老四來信了。」

她今天出門前剛送到的公函，跟著一起來的應該會有家信。

「真的？太好了，總算是有信來了！」前些日子一直沒消息，王蓉生怕劉鐵在外面出什麼意外，現在既然人沒事她也就放心了。「多謝二姐告訴我這個好消息。」

劉杏花笑著搖頭。「那也是我弟弟，妳惦記著，難道我就不惦記？都是一家子骨肉何必說這麼見外的話。」

「妹妹說的很是，四弟妹有時候就是『謝謝』忒多了些。」

王蓉只捂著嘴笑。禮多人不怪嘛！上輩子養成的習慣，已經改不掉了。

得了劉鐵的消息，王蓉一整天心情都好得很。晚些時候收到陳軒特意讓人送過來的家信，看到信裡劉鐵說他這邊之前遇到些麻煩，不過現在已經都解決了，一切都好，事情辦得也還算順利，再過大半個月就可以啟程回落花城，王蓉擔心之餘更是興奮的眼裡都在發光。

那模樣，讓張氏、汪氏、劉杏花幾個搖頭直樂。

晚上，窗戶開條縫，湖風吹來，清爽怡人。王蓉躺在床上，懷裡小劉章早已睡著了，打著小呼，王蓉看看孩子，又將信拿過來看了兩遍，直到亥時初才熄了燈睡去。

一夜無夢，第二天醒來外面竟然已經天光大亮了，細聽還能聽到劉定帶著劉章在外面玩鬧的聲音。

「娘？您醒了？昨晚睡得可好？」

近來天熱，不管是大人還是孩子，夜裡都睡得不踏實，早上又早早被熱醒了，像今天這樣一覺睡到自然醒，已經好久都沒有過了。

夜裡睡得好，第二天精神自然也好，王蓉慵懶的伸了個懶腰，笑咪咪的衝長子點點頭。「定兒昨晚睡得可好？」

「好！定兒昨晚也睡得好，這裡比家裡涼快多了，娘，我們在這多住些日子吧？」

「怕是多住不了了。」張氏匆匆忙忙從外面進來。

「怎麼了?可是出什麼事了?」

張氏點點頭。「京城方向地動了,動靜很大……」

「地動了?」

張氏抹了把臉,點點頭。「還不止呢,昨晚上,城裡又有一處走水了,差役、街坊忙了大半夜,還是燒了小半條街,昨天夜裡大半夜的,妹夫叫人來把二妹接回去了。」現在那邊肯定亂著呢。

「可是怎麼會?姐夫不是已經三令五申讓大家注意走水嗎?還讓人在各處放了不少大水缸,怎麼會……」這不太對啊,就算是天乾物燥,也不至於……

「所以說這事它蹊蹺啊,妳說會不會是別人故意放火呀?」

這個還真有可能,王蓉摸著下巴若有所思。不對,她想這個幹啥呀?是不是故意的,她也做不了什麼,難不成她還能把縱火的人給抓了不成?王蓉拍了一下腦門,搖搖頭。「大嫂,妳也別多想了,這不是咱該管的。」

「我知道,只是這把火弄得我心裡七上八下的。」

誰又不是心裡七上八下的呢?如果張氏猜得沒錯是有人故意縱火,那進士巷、梧桐巷那邊,肯定就是敵人的重點破壞區域!

果然,沒過兩天那邊又傳來消息,確實有人想要在進士巷縱火,結果被抓了個人贓俱獲。

「好在是抓住了，聽說桐油都灑好了，這要是點上一把火，還不把整個巷子的宅子都給燒了，那咱們可就沒家了。」大家都心有餘悸的直拍胸口。

# 第三十二章

再說落花城衙門這邊。

因為接連出事，陳軒已經連著好些天都沒睡過一個好覺了，眼下青黑一片，面上形容憔悴。因為太累，眼皮一個勁往一起靠，他只能憑著強大的意志力去控制。「審訊出結果了嗎？」

侍立在旁邊的王老頭點點頭。「出結果了，不過這些都是小嘍囉，知道的不多，他們只供出一個叫姜九的接頭人。」

「姜九？查到姜九這個人了嗎？」

「查出來了，是個賴皮，經常在四處晃悠，沒什麼正當營生，還沒找到人，只查到他在桃花閣有個相好的……」

「給你們一天時間，我不管你們用什麼手段，一天之後，把人帶到我面前來。」

王老頭稍遲疑了一下，最後還是咬咬牙，應聲道：「是，大人。」

王老頭退出去不多久，蔣先生便快速走了進來。「大人，剛剛收到消息，侯爺那邊出事了。」

「出什麼事了?」陳軒愣了一下。「戰事不太順利?」

蔣先生搖搖頭，輕聲在陳軒耳邊說了兩個字。

「瘟疫?怎麼會?」陳軒一個激靈，從椅子上站了起來。「侯爺現在在疫區?」

「那倒沒有，侯爺幾天前就離開了，可是大公子跟侯爺的一應家眷都還在那邊。」

這事對於他們這些跟從者來說，說大也大，說小也小。說大，萬一侯爺因此方寸大亂抑或是一蹶不振，那對他們來說就是滅頂之災；說小，這事畢竟並不危害侯爺的性命，只要侯爺自己能挺住，大局就無礙。

可是這世界上除非冷血無情，又有幾人面對眾多家眷出事，還能保持從容鎮定?陳侯也是人，面對這樣的情況，難免會顯得急切。「我們是不是要提前做些準備?」以應對可能存在的危機。

陳軒搖頭。「侯爺心性堅毅，不是能夠輕易被打倒的，也不是因私廢公之人，不會有事的，不過大夫跟藥材方面，你先準備好，一旦侯爺那邊有需要就立馬送過去。」

陳軒猜測的不錯，陳侯收到消息，確實當場厥了過去，然再醒來就已經冷靜的接受了這個現實，並沒有做出什麼過激的舉動，進攻態勢上依然維持著原先的步調，只是在當地徵集了一些大夫及藥材火速送往疫區。

對此，跟隨的一眾人等，全都大大鬆了一口氣。

「侯爺，落花城陳大人八百里加急。」

「阿軒？他怎麼也跟著……算了，呈上來吧。」最近落花城應該沒什麼大事，陳侯以為陳軒也是跟身邊的人一樣想要安慰自己，卻占用了八百里加急，便有些不高興，下意識就想呵斥，但又一想，怎麼說也是自己姪子，且陳軒也確實不是那麼不知道輕重的人，便還是將信打開看了下。這一看，陳侯激動得手都抖了。

原來，瘟疫的消息雖然陳軒及時讓人控制，還是在小範圍內傳開了，也透過劉杏花口傳到了在大明湖畔避暑度假的王蓉耳朵裡。王蓉想著「救人一命勝造七級浮屠」，便把自己能想到的上輩子對於傳染病的防治手段，什麼隔離病人、戴口罩、石灰、醋消毒、喝開水，嘔吐物跟病人接觸後的衣服等等要及時銷毀等等，只要她能想到的，全都一條條列了出來，然後叫劉杏花給陳軒帶了回去。

陳軒見了自然是震驚無比，想到王蓉之前曾做出早已失傳的手弩，陳軒甚至連夜趕往大明湖見王蓉，以確保這些方法是否真的有效。

有效王蓉是肯定可以保證有效的，畢竟是現代用實際驗證了無數次的，至於為什麼要這麼做，王蓉也能解釋個七七八八，可這些都只是預防措施，對那些已經感染上的，她就沒什麼辦法了，只能老老實實的寄希望於大夫的方子，而她並不是大夫，也不會開方子……

王蓉覺得她知道的有限，畢竟上輩子不是大夫，不是很專業，但就是這些已經對這個時代的人幫助很大了。這場瘟疫最後致死率只有百分之十不到就是最強而有力的證明。當然這個是後話。

回到眼前。陳侯拿到王蓉書寫的那麼多條注意事項，雖然激動，卻並沒有第一時間就讓人去做，謹慎起見，他還是先找跟在他身邊幾十年信得過的老大夫過來問了問，在得到老大夫充分肯定及推崇之後，才讓人第一時間送往疫區大公子的手裡。並讓人送去一句話——嚴格按照上面執行。

後來的無數個歲月，陳侯都很慶幸他在最後加上的這句話。因為正是他加了這句話，他的一家老少才在這場瘟疫中保住了性命，讓他沒有落得真正孤家寡人的境地；他才在這場不是你死就是我亡的爭奪中，保住了絕對的人口優勢，還在民間得了天命所歸的好名聲……

是人都有逆反心理，你讓他幹麼，他偏不幹麼；你不讓他幹麼，他偏幹麼。

加上王蓉寫的注意事項裡確實有好些都不太符合這個時代人的生活習慣，比如喝開水，這年頭開水可不是想喝就喝的，那太費柴火，要是窮人家，一個銅板恨不能掰成兩個花，再說現在是夏天又不是寒冬臘月的，喝口生水怎麼了？老祖宗也沒說生水不能喝啊？強制不讓人喝，人家肯定有意見。

再比如說，接觸到患者嘔吐物，衣服就要焚燒處理這個也很不容易實行，還是一樣錢鬧得。這年頭一家人一條褲子換著穿都是有的，那窮人家還到處找破布頭回去洗洗用來縫衣服呢，好好的衣服就因為接觸了點髒東西就要燒掉，這誰捨得？

因此一開始，大家雖然因為強制命令明面上服從，私底下陽奉陰違的卻也不在少數。就連大公子他們自己心裡也會嘀咕，這個到底管不管用？

事情的轉機發生在命令實行七、八天之後。為了便於物資分配，每隔幾天他們都會做一次感染人數、發病人數、死亡人數登記。並讓大夫對區域內的所有病人進行檢查。

這一次登記後，首先是細心的大夫發現有一個區域的病人病情明顯要比其他區域輕很多。然後登記人員也發現這個區域的感染人數、死亡人數明顯比其他區域要少一些。

這件事很快就被報給了大公子陳沐。

事關一大家子的性命，陳沐自然重視，並讓人著手調查，最後得出來的結果就是這個區域的王姓執行官是個特別嚴苛的人。上面要求怎麼做，你就必須怎麼做，差一點就要被罰。對此這個嚴苛的執行官私下裡被人罵了不知道多少次十八代祖宗……

據說有一次有個孩子喝生水被他把碗給打翻了，那孩子嚇得哇哇大哭，人家以為他打孩子，把他給揍了，就這樣他也不鬆口，真是夠拗的。

不過也正因為他的這份執拗，才讓大家知道，王蓉寫的那些注意事項是真的有用，進而引起重視，挽救了無數人的生命。

消息傳開，好心還被罵，甚至被打的王姓執行官自然收到了很多人的愧疚和歉意。

「咳咳，那個成小子，之前是大爺錯怪你了，你別放在心上，啊？小豆子以後要是不聽話，你儘管打，儘管打……」

「我看還是算了，這還沒打呢，人家成小子的腿都快被小豆子他爹給打斷了，這要是真打了，還不把人給殺了？」

「誰說不是呢，成小子你可別犯傻，這有的人啊，他就是好心當成驢肝肺……」

「誰當成驢肝肺了，誰當成驢肝肺了？」老漢憋得臉都紅了。「那不是不知道真的管用嗎？再說了，成小子，自從來了這兒，可沒少吃我們家的飯，我兒不就打了一拳嗎？也沒打怎麼樣……」老漢說著說著，似乎也是覺得心虛，一縮頭，就縮回院子裡不說話了。

剛剛說話的嬸子見老漢縮了，又嘲笑了句。「就你家那打發叫花子的也能叫飯？」接著也沒再往死裡追著取笑，轉頭趴在牆頭上衝那被叫成小子的青年叫喚。「成小子，你立了這麼大的功，大公子可賞你什麼了？」

王成好脾氣的笑著搖頭。「不用賞，我只想請大公子幫我找找家人。」

他跟家人失散好幾年，也不知道他們現在怎麼樣了？靠他自己，肯定是不行的，大人手底下人多，要是願意幫忙說不定能找到。還有一點，他總覺得，大人發下來的那個冊子裡面好些東西，跟逃難時蓉姐曾跟他說的差不多……

「大公子，人已經到了，您要親自見嗎？要不還是老奴去見見？給些賞賜得了，那人見天在外面走，也不知道身上有沒有沾染上什麼髒東西，萬一……」

陳沐擺擺手。「叫進來吧。」

老管家還要再勸，見陳沐有些不耐煩，才沒辦法轉身出去叫人去了。原本想叮囑一下叫王成到時候離大公子遠一些，又不知道怎麼開口，怕壞了大公子的事。沒想到這人小小年紀倒是頗通人情世故，進了房間後竟然主動找了屋裡離大公子最遠的一處站了。

「你就是王成？你可有什麼想要的？」在陳沐心裡，王成只不過是個小人物，哪怕他確實做出了很大的貢獻，在陳沐心裡的分量也有限，能夠親自接見，並予以賞賜，已經算是他禮賢下士了，因此話也說的直接。

王成等的就是他這句話，接的更是順暢。「小的不想要賞賜，小人無禮懇請公子幫忙找尋家人。」

「找人？」陳沐有些意外，不過這也不是多大的事，他只需吩咐一聲，下面自有人去辦，因此，沒多想便點了點頭。「可以是可以，只是人海茫茫，人能不能找到卻是不好說的，你真的要用賞賜換一次尋人的機會？」

「是。」

「不後悔？」

「不後悔。」

「好，那就尋人。我讓管家給你安排。」

「多謝公子！」王成激動的原地就要跪下給陳沐磕頭，卻被老管家給攔住了。而後，老管家就拉了王成從陳沐的書房裡出來，詢問王成家人的一些情況。

「家裡有爹娘，哥哥妹妹，大伯大伯娘，堂哥堂姐，還有爺爺，我爹叫王大貴，我大伯叫王大富，我娘姓張……」

總覺得王成說的這些有一股莫名的熟悉感，就是想不起來在哪兒聽過是怎麼回事？老管家敲敲腦袋死活想不起來。算了，可能是記錯了也說不定呢？

「除了失散的地點、你家人的姓名，你知道你家人會去哪兒嗎？」

王成搖頭，本來逃難前他們是想去南邊投奔姑姑，可後來走錯了路，就只能一路往北，根本沒有目的地，也不知道他們會在哪兒停。如果知道，他自己早就找過去了，哪還需要在這求人幫忙？

悔。

「那恐怕不好找。」老管家捋著鬍子搖頭。

「只要抱著一分希望，我都想試試。」哪怕最後落得竹籃打水一場空，他也不後悔。

王成為了找到家人費盡苦心，這番心血，王蓉等人並不知曉，王蓉這會兒正在教小兒子劉章用筷子。

之前劉定王蓉好像也沒怎麼教，他自己就會了，到小兒子這裡卻成了大事，因為怎麼教好像都教不會。

又一次宣告失敗，王蓉耐心已經在破碎的邊緣，虎著臉就要來個河東獅吼。

劉定見了，忙道：「娘，您先去忙您的，剛剛姑姑不還說舅母帶著表弟表妹也要過來住幾天嗎？也不知道到了沒？要不您先去看看？弟弟這裡，我來教，一準給教會……」

王蓉深呼吸幾口氣，看了看仍然懵懂無知看著自己的小兒子，無奈的答應一聲搖頭出去了。不過，出了房門，她也沒走遠，就站在邊上悄悄看著，想看看大兒子要怎麼教小兒子用筷子。

結果劉定壓根兒沒提教弟弟使筷子的事兒，反而從旁邊拿了個放有拇指大小點心的盤子放到劉章跟前，用筷子一個一個挾了放到自己嘴裡。
旁邊劉章急得直叫哥哥。
「叫也沒用，你自己挾。」說著從旁邊拿了一雙筷子塞劉章手裡。
筷子是成人使得的那種正常大小的筷子，劉章手小又不會使，只能攥著兩根筷子叉，結果不僅挾不起小點心來，還把小點心挑的到處都是。劉定也不惱，反正劉章挑出來的他就都給吃了。
眼見著小點心越來越少，劉章急得筷子往邊上一甩，直接要上手抓。
這下劉定不放縱了，一筷子敲在旁邊，把劉章剛剛伸出來的小手生生嚇得縮了回去，開始掉金豆子，卻不敢出聲哭。
王蓉見了暗暗笑著搖頭，看來自己不知道的時候，大的沒少收拾小的，不然小的在他哥面前不會這麼乖！交給老大教，說不定還真能教會。
這麼想著，正好門口傳來動靜，王蓉轉身去看，正好看到陳月懷裡抱著一個，手裡還牽著一個進來。
「嫂子？」
「姑姑？」
小丫頭有點認生，雖然見過王蓉，也知道是姑姑，卻還是有些怯怯的。

王蓉笑著蹲下將人抱起來，又轉頭去跟陳月和一起進來的劉杏花說話。

「娘沒跟著一塊過來？」

「沒，本來是要一起來的，二嬸昨晚夢魘了，早起有點不舒服，娘不放心便沒過來。」

王婷出嫁後，二嬸張氏不知道是不是心裡少了什麼寄託，犯病的次數比之前明顯增加了不少，雖然每次都不會出什麼大問題，還是叫人憂心。

王蓉點點頭。「之前在家裡沒那個條件，到這邊又趕上外面鬧瘟疫，好大夫都去疫區了，一般的大夫看又不放心。明年春天狗蛋跟梅子成親，肯定要回一趟林州，到時候二嬸肯定要跟過去看婷丫頭，讓百里大夫給看看吧，說不定能好。」

「對啊，怎麼把百里大夫給忘了？」劉杏花一拍手。「百里大夫醫術了得，之前五弟妹不就是他救回來的？這次肯定也能治好嬸子的。」

「但願吧，怕就怕到時候二嬸見了婷妹妹不願意回來……」陳月跟張氏朝夕相處，更能體會到張氏的思女之心，有時候逗大丫玩，張氏都會不小心叫成婷丫頭。

「……」

這話不好接，且現在她們說來也沒什麼意義，因此很快三人就有志一同的轉移了話題。

「看我這腦子，竟然把這麼重要的事兒給忘了，我這還有個好消息要告訴四弟妹呢。妳之前讓我拿回去的東西，又立功了……」

「又立功了？」雖然對王蓉做的具體事情不了解，陳月卻也是聽說過王蓉之前做了什麼東西，幫了陳侯大忙，得了宅子、鋪子的事的，現在又立了大功。「那這次能賞多少宅子、鋪子？」

王蓉、陳月包括剛剛聽到動靜出來的汪氏、張氏紛紛轉頭雙眼發光的看向劉杏花。

劉杏花愣了下，反應過來捂嘴樂了。「妳們怎麼眼裡就只有宅子，鋪子啊？」

「因為宅子鋪子值錢啊，實在……」汪氏翻了個白眼。「要是給其他的，也得咱們識貨才行啊！」

陳月幾個連連點頭。「妳還沒說呢？賞了多少宅子、鋪子？」

「具體的還不清楚，不過陳侯很滿意就對了……」

換來幾個對政治不理解的女人一片白眼加噓聲。

王蓉看著好笑，忙打圓場。「昨天出去逛的時候就看旁邊湖裡有人採蓮子，咱們不如也去看看，若是有賣的，買上一些，咱們也回來燉個芙蓉蓮子羹。」

「行啊，現在就走，再晚等幾個小祖宗醒了，我可是啥事都幹不成了。」估計平時也是被孩子折騰得夠嗆，陳月竟然想趁著孩子睡覺時偷跑。

這興奮勁，讓劉杏花幾個笑得腰都要直不起來了。

陳月也不惱，只一個勁道：「回頭你們見識了那兩小祖宗的纏人勁就……」

話音還未落，那邊安置兩個孩子的小跨院裡已經響起震天般的哭嚎聲，那嗓門真是恨不能把房頂都給掀了。

陳月一邊往亭子外走，一邊哭喪著臉衝王蓉幾個吐槽。「看看，我就說要快點吧？」晚了，哪裡走得開？

沒走出幾步，又是一陣尖利的哭聲，這實打實的哭聲二重奏，哭號得王蓉幾個都愣住了。後面這個，是她那個嬌嬌怯怯的小姪女的哭聲？

陳月腳下的步子也越來越快，最後直接一溜小跑，往小跨院趕。

王蓉幾個對視一眼，也跟著往小跨院去，路遇聽到動靜從房間裡出來的陳晨、安安、劉定、劉章幾個。

王蓉趕緊上前一手拉劉定，一手拉劉章，將兄弟倆叫到一邊。「你們怎麼也出來了？」

「哭，吵，糕糕，掉了。」劉章皺著小眉頭，小嘴巴告狀，另外一隻手裡還攥著一支筷子。

王蓉又看向劉定。

「本來正練挾小糕點呢！」劉定無奈點頭，本來弟弟已經顫顫巍巍能挾住送到嘴邊了，結果剛剛那一嗓子，直接把劉章手裡的一支筷子給嚇掉了，還差點戳到嘴。

好吧！看來小姪子、小姪女這殺傷力還挺大的。

王蓉安慰的揉了揉兩兒子腦袋，牽著兩孩子往跨院裡走。

# 第三十三章

跨院裡，陳月已經將小兒子抱在懷裡哄著，後面跟進來的劉杏花將小丫頭拉到了自己跟前。

可是兩孩子似乎並不買帳，陳月懷裡的小兒子必須要抱著還得晃悠，只要停下就繼續嚎。小丫頭也是癟著嘴，拽著陳月的裙子大哭，並不理會劉杏花。

一刻鐘後，一群女人孩子累得滿頭大汗，生無可戀，兩個孩子還是沒哄好。

「嫂子，妳在家也是這麼哄的？」

「對啊，光我一個可哄不好，得一大家子。」

「這是不是太過了？」汪氏沒什麼耐心，小時候安安偶爾鬧騰，劉銅還願意慣著點，她可是丁點也不慣的，敢這樣，她早一巴掌呼過去了。

其他人也都有這種想法。

看著那邊兩孩子還在乾嚎，劉章也躍躍欲試似乎想要跟著學的樣子，王蓉瞪了劉章一眼，接著當機立斷，直接上前，一把將小姪子從陳月懷裡揪了出來，扔到地上，叫他自己站著，然後虎著臉怒道：「不許哭！」

小姪子被嚇了一跳，哭聲自然就斷了，眼見著就要好了，結果陳月心疼的又來搗亂，那孩子見有大人撐腰，可不來了勁兒，立馬又嚎開了。

王蓉索性也不訓孩子了，回頭跟陳月講起了育兒經。「嫂子，妳不能這樣慣著，孩子現在小，還管得了，等大一些，脾氣性情定下來了，再想管，怕就管不住了。」

陳月也知道，可她這個兒子來的實在不容易，她不就是心疼嗎？加上逃難路上王家劉氏、張氏兩個奶奶輩的都經歷過失子失女，自然會分外溺愛一些，結果兩相一結合，兩個孩子小小年紀就養成了這樣的性子，霸道的不行。

她其實也想管。「可管不住啊！」

妳管不住，不有別人嗎？這裡幾個女人都不傻，看剛剛的情態就知道，陳月也是幫凶，王蓉想好好收拾一下這兩個小姪子、小姪女，她們也都覺得這兩熊孩子欠收拾，自然樂見其成。

「小妹，我看這樣，妳呢，正好也哄累了，咱們去那邊歇會兒，這裡就交給蓉娘看會兒？」

「是啊是啊，反正是嫡親的姑姪，蓉娘肯定會把孩子哄好的。」說著，劉杏花、汪氏兩個一人一邊，不由分說拉著陳月就往外走，張氏則扯牛皮糖似的，將黏在陳月身上死活不願意放手的小丫頭給撕扯下來交到王蓉手裡。

劉定幾個想要留下來看熱鬧，也被大人帶走了。

很快，小跨院裡就剩下小姪子、小姪女兩個。兩個孩子嚎得跟死了爹媽似的，吵得王蓉腦仁一陣陣抽疼。

「閉嘴，不許哭！」

奈何兩孩子根本不聽，王蓉乾脆也不費力氣說話了，旁邊找了個凳子坐下，漫不經心的就這麼看著兩個孩子哭。

哭了約莫有兩刻鐘，就在外面的陳月實在受不了要衝進來的前幾秒鐘，聲音終於慢慢弱了下去。

「還哭不哭了？」

兩個孩子抽抽噎噎的沒吭聲。

王蓉也不在意，只繼續道：「告訴姑姑之前為什麼哭？」

兩孩子都沒說話，就在王蓉覺得他們聽不懂準備換一種問法時，小丫頭答了。

「怕。」

王蓉點點頭。「新來了一個地方小孩子確實會怕，哭也正常，但是，為什麼一直哭，妳娘來了還哭？」後面兩句為了兩孩子能聽懂，王蓉一個字一個字說的很慢。

「哭，娘哄。」

這次回答她的是小姪子，白白胖胖的小娃娃，眼泡裡還含著淚，吮吸著小胖手，別提多可愛了。

王蓉強忍著爆棚的母愛，一點點給小姪子、小姪女講道理。

小孩子是要管的。現代很多家長在孩子小時各種寵著順著，孩子犯錯時，行為有問題時當沒看見，置之不理、放任不管，等孩子念初高中了，大了，開始各處抱怨孩子不聽話、叛逆、把自己氣得要死什麼的。說難聽點，那都是家長自己慣的。

王家這兩孩子，要是一直這樣，任他們長此以往下去，殺人放火王蓉不敢說，但讓王家一家子長輩操碎了心肯定是難免的。再大一點，性子一旦養成了，想掰過來都不好掰，可是現在孩子還小，王蓉只是稍微嚇唬一下，給個冷臉，再講點道理，就有立竿見影的效果……

後面姐弟倆跟著陳月連著在這住了好幾天都沒再怎麼鬧。就連擔心孫子、孫女過來看看的劉氏都很驚奇。「ㄚ頭妳是怎麼做到的？」

王蓉神秘的笑笑。「秘密……不過，娘跟嫂子回頭也注意些，可別再寵過了，老祖宗都說了溺子如殺子……」王蓉一時夫子附體般跟劉氏、陳月說了大半個時辰，把兩人說的一愣一愣的。

旁邊汪氏掏了掏耳朵，用胳膊搗了搗張氏。「妳覺不覺得弟妹今天話有點多？」以前王蓉給人的形象一直都是溫和寡言的，沒想到還有這樣話癆的一面。

張氏連連點頭，她也這麼覺得。「今天是不是發生什麼事了？」

「沒有吧？不對，早上二妹好像讓人給四弟妹送了封信過來……」說到這，妯娌倆突然想到一個可能，猛然對視一眼異口同聲道：「四弟要回來了！」

劉鐵一走幾個月，王蓉面上一點都看不出來，照常吃喝帶孩子笑容滿滿，偶爾汪氏、張氏見了，私底下都會嘀咕兩句「四弟妹這也太心大了」。敢情根本就不是那麼回事，而是一直憋著呢！

妯娌倆自覺發現了不得了的秘密，心照不宣的交換了一個略顯猥瑣的笑容。

交流完，看熱鬧不嫌事大的妯娌倆湊上去又給王蓉扔了一個新問題出來。「四弟妹，妳看安安這孩子，最近也不知道怎麼了，總跟我們對著幹，我跟他爹讓他幹麼，他偏就不幹麼。」

王蓉自然又是把上輩子腦海裡還留存的一點孩子叛逆期什麼的巴拉巴拉一股腦的又倒了出來。

等該說的都說的差不多了，人散了，王蓉嗓子也啞了，外面天色也已經暗了下來，劉定牽著劉章氣得小臉鼓鼓的站在一邊。「娘，既然妳那麼能幹、懂那麼多，小弟拿筷子這事我看還是妳自己來教吧？」

「別，別啊！」王蓉連連擺手。「你教得挺好的，真的，你看娘之前教了那麼多次都沒教會，你只教了兩次，你弟就會拿筷子了，你可比娘強多了。娘，娘也就嘴上說說還行……」

見劉定還是不鬆口，王蓉咬咬牙只能放大絕。「定啊，之前可是你親口答應你爹要幫娘照顧弟弟的，你不會反悔吧？」

那肯定不會。「男子漢大丈夫一言既出駟馬難追，既然我答應了爹，自然會做到。只是娘……」今天是不是有點……

「好了，好了，你不用說了，娘知道你想說什麼，娘今天確實是有些……嗯，太興奮了，這不是因為，你爹要回來了嘛！」王蓉不好意思的假咳了兩聲，劉鐵一出去幾個月，總算是要回來了，她嘴裡不說，心裡還是高興的。

這個時代不像現代不管到哪都能打個電話，這年頭，來回一封信至少得個把月。去的地方偏一點，連信都沒法送，想報個平安都難。有時候王蓉私底下也會自我調侃，沒想到她也有成望夫石的一天……

「娘保證，以後肯定不會了，好兒子，不生氣了好不好？」

王蓉第一次忍著羞恥心跟兒子撒嬌，劉定被她纏磨得小臉通紅，面上表情幾經變化才小老頭似的無奈嘆了口氣，叫王蓉看著劉章，自己去給王蓉端來一盞雪梨湯。「娘，妳先別說話了，先喝湯。」

「這是給娘燉的？我兒真是孝順。」看到潤喉的雪梨湯，王蓉心下暖得差點當場落淚，也能理解兒子為什麼生氣了。

喝完湯，王蓉將兩個兒子拉到自己身邊，一邊一個摟到懷裡，劉定大了，知道害羞，還扭捏了一下，不過最終敵不過王蓉的強勢，就順勢倚到了王蓉懷裡，腦袋靠在王蓉肩上。王蓉揉了揉兩個兒子的腦袋，溫聲道：「你們爹快回來了，天氣也涼下來了，明兒我們就收拾收拾回家去。給你們做的新衣服，娘也已經做好了，明兒回去就試試。」

現在家裡有鋪子、有地，王蓉的身分也從原來的村婦變成了官夫人，再往外賣自己的繡品不太合適，因此她便有事沒事就給家裡人做衣服。尤其是兩個孩子，年紀小，身量長得快，今年的衣服明年就不能穿了，王蓉便做得勤一些。這一次是換季，去年的厚衣服不能穿了，王蓉正好前段時間跟張氏她們出去逛街買了些好皮子、棉花，就給兩個孩子各做了兩身厚衣服、一件毛皮斗篷。

「娘給爹做了嗎？」爹一出去幾個月，帶出去的衣服回來肯定也磨得差不多了。

「放心吧，做了；從裡到外、從上到下做了兩身呢，夠換的了。」

不知道是不是長子的緣故，劉定真的打小就懂事、愛操心，王蓉又低頭看看笑得無知無覺的小兒子，這個就無憂無慮多了。

一夜無話，第二天一大早，王蓉就跟張氏她們說了要回去的事。

張氏、汪氏猜到劉鐵要回來，自然心中也有準備，只是她們還想再待兩天，王蓉便辭別她們先帶著劉定、劉章回家了。

家裡，福大娘收到王蓉他們要回來的消息，已經提前將被褥什麼的都晾曬上了，王蓉回到家就見晾得一院子的各色被子，頗為壯觀。

「娘，來捉迷藏！」

劉章興奮的跑向他自己的大花被子，將自己除了一截小腿，整個藏到被子裡，嘴裡還不斷嘀咕著「看不到我」。

劉定被弟弟蠢得無力望天，嘴角直抽抽，三兩步過去將人從被子裡提了出來。劉章卻還掩耳盜鈴的自己用小手捂著眼睛……

王蓉被小兒子逗得哈哈大笑。瓦頭也跟著笑，被福大娘一巴掌呼在後腦勺上，那小子也不知道躲，還跟著傻笑。

笑完，一身輕鬆的王蓉樂呵呵的逮著兩個兒子開始試衣服。

王蓉給兄弟倆做衣服時特意用同一塊料子，款式也選一樣的，兄弟倆換上衣服一起手拉手走出來，看著精神不說，一眼就能看出來是親兄弟倆。再配上王蓉做的斗篷，好看得不像話。

「不錯不錯。」王蓉兀自欣賞了好久，遺憾這年代沒照相機，只能恨自己不會畫畫不能把好看的兒子給畫下來。「定兒這身正好不用改。」

只劉章那身稍微有一點點長了，走得快容易絆倒，底下要再收點邊。

王蓉上前用手掐了一下，做了個記號，又歡快的招呼兩個孩子換另一身。

另一身是寶藍色的，當時買布時，這個顏色王蓉一見就喜歡上了，便多買了兩疋，想著一家四口人做一身親子裝。

給兩個孩子跟劉鐵做的都是那種書生秀才服，王蓉還特意給兩個孩子做了小帽子，穿戴上看著特別秀氣可愛。

「娘，小書箱，妳給我，準備小書箱了嗎？」有了小書箱就更像一個小書生了。劉章目光灼灼的看向王蓉，兩個大眼睛中滿是期待。

王蓉愣了一秒，她還真沒想到這個。

不過沒關係，王蓉沒想到的，劉鐵想到了，兩天後，劉鐵回來，給兩個兒子一人帶了一個跟他們身量相合的竹編小書箱。小書箱不大，編得卻很是精緻，紋路精美不說，上面還細緻刻繪了花紋。

喜得小劉章當即又把他的書生秀才服翻出來穿上，然後揹上小書箱，拉著瓦頭一起出去炫耀了一番。

「你怎麼想到給他們買這個的？」

「這就叫心有靈犀一點通？」打發了兒子，劉鐵笑呵呵的將妻子擁到懷裡，腦袋擱在妻子肩上像大狗一樣連嗅了好幾口，然後開始在王蓉脖子上輕咬、研磨……

都說小別勝新婚，劉鐵出去一趟回來，除了第一天去見了陳軒一面，將這一次出去的事情細細交代了一番，回來後，就在房裡連著跟王蓉鬧了三天，連院門都沒出。直到第四天，才一臉饜足的帶著兩個兒子並給岳家準備的禮物到陳府拜見岳父岳母。

雙方多年沒見，一時有說不完的話。

王蓉昨晚被劉鐵鬧得有點晚，醒來已經是巳時了，急急忙忙收拾好趕到陳家，正好趕上飯菜上桌。

這在一般人家，其實是非常失禮的，好在三家一直以來關係親密，倒也不講究這些，只是陳軒從前面回來剛好跟王蓉撞了個對臉，略略詫異了一下。

吃完午飯，男人們轉到前面說話，女人在後面閒聊。

其間被劉杏花、陳月一臉打趣、揶揄的看著，王蓉捂著臉才勉強端住，沒落荒而逃。

九、十月天氣轉涼，加之各方面措施得當，之前讓人惶惶不可終日的瘟疫終於得到了遏止。

陳侯的家眷除了留下主持大局的大公子，也已經安然無恙的離開了疫區。

好消息傳來，陳侯當晚興奮的大醉了一場。第二天宿醉醒來，揉著一陣陣抽疼的腦袋，又得了前線傳來的再得一城的好消息，陳侯高興的在大帳裡手舞足蹈了半刻鐘才勉強平靜下來。

「來人，來人，去請阿軒來，還有那個獻上瘟疫防治策略的高人也請來……」他要大賞。

侍立在外的心腹，聽到命令，清朗的答應一聲，轉身上馬，飛馬出營就往落花城來，至於侯爺的命令是不是有問題、王蓉是不是適合去見侯爺，那不是他們要管的事情。

心腹離開有一段時間了，陳侯才突然想起來，之前陳軒跟他提過，獻上瘟疫防治策略的跟之前送來手弩的是同一人，是個婦人，且還是他的內弟媳婦兼月兒的小姑子。勉強也算是他的姪媳婦，他一個長輩召見一個姪媳婦，於禮上好像有些不妥？可話已經發出去了，想要他收回來，肯定是不行的，為上者朝令夕改是大忌，且他也確實對這個能夠做出已經失傳的手弩，又能想出瘟疫防治策略的婦人很好奇。

算了，大不了到時候多賞賜一些，阿軒好像提過他那內弟也是個不錯的，兩口子都為他效力，又立了那樣的大功，多賞賜一些也是應當的。

這麼想著，陳侯也就把這事放一邊了，只等著人來了見一見。

再說落花城這邊。

陳侯命令到時，王蓉、張氏、李氏幾個正在商量著年前去林州城的事情。狗蛋年後就要成親，張氏這個當娘的肯定是要早早過去幫忙準備的，多年沒見兒子，張氏心裡早就想得都快炸了。

金氏、劉老頭也在林州城，王蓉她們作為兒媳孫輩在有條件的情況下肯定是要回去一趟盡盡孝心的，趕在年前過去，一大家子也能過個團圓年。再者，劉鐵還有想把二老接過來照顧的想法。

王家那邊，二叔、二嬸也想要去林州看妹妹王婷，自從婷兒跟著王蓉她們出來，兩口子也是好幾年沒見閨女了，如今閨女嫁了人連孩子都有了，也不知道日子過得怎麼樣，做爹娘的哪能不掛心？只是二嬸的病不知道什麼時候就要犯上一回，二叔一個人帶著二嬸上路，怕照顧不過來，才想著跟王蓉和劉家人一起，相互也好照應。

現在陳侯的命令一來，算是把王蓉之前所有的打算都打破了。

「這陳侯也不知道怎麼想的？怎麼這會兒叫人過去？還叫了妳？」

王蓉搖搖頭，這哪兒是她能想明白的？「不過……應該不會太久，不會耽擱我們年前去林州。」

「那也是匆忙了些。」

匆忙是肯定匆忙的，原先她娘說不好在陳家過年，年前要在落花城買個宅子，從陳家搬出來，她還想著幫忙找找合適的呢，或是讓劉鐵幫忙跑跑。現下她要跟陳軒去陳侯那邊，劉鐵肯定是要跟著一起的那就沒時間了，給林州城那邊親戚朋友準備的禮物這事，也得託付給兩個嫂子。還有劉定、劉章兩個……

想想，王蓉也是一腦門官司，陳侯那邊又催得急。

還好，劉杏花、陳月、張氏、汪氏她們知道後主動過來幫忙包攬了不少事，就連劉定、劉章也被劉杏花直接打包帶到陳家去了。

隔日，安置好家裡，陳軒、劉鐵、王蓉帶著幾個護衛跟著來人一行快馬往陳侯這邊來。

王蓉不會騎馬，坐在劉鐵懷裡，身上已是衣物厚重，外面又裹著厚實的毛皮披風，還是被凜冽的寒風吹得鼻頭通紅、直打哆嗦。

「這也太辛苦了。」想著自己只是這一次就這樣，劉鐵這幾年跟在陳軒身邊，騎馬到處跑卻是常有的事，風裡來雨裡去，不畏寒暑，之前沒親身體會不覺得，現在卻不禁心疼得眼角直發酸。

劉鐵見了，笑著直搖頭，用腿幫著把王蓉的披風往下壓一壓擋住風，才不以為意的道：「習慣了也就好了。之前咱們在家裡種地，大暑天氣下地幹活，汗直往眼睛裡流；大雪天氣上山砍柴，凍得手腫得跟饅頭似的難道就不辛苦？還不都一樣？再說，我跟在姐夫身邊，一年才出來幾次？相比其他人已經算好的了。」想要得到總要付出的，他自己在外辛苦能夠換得妻兒過上好日子，他一點都不覺得辛苦。

劉鐵說的道理，王蓉也懂，只是還是心疼，便也沒再說話，等晚上到了地方休息，伺候劉鐵卻更殷勤了，弄得劉鐵心口軟乎，恨不能當下把人給揉進自家骨血裡……

一路急行，幾日後王蓉一行終於到了陳侯這邊。

說來也巧，在進大營時，正好跟從疫區回來的陳侯家眷撞上。

「那邊那是誰家？竟然還有女眷？」

陳侯的正妻姓楊，出身大家，除了生育了大公子，膝下還有二公子、大姑娘、三姑娘，大姑娘、三姑娘都已經嫁人，大公子、二公子也都不在身邊，為打發時間，楊氏便把一出生便沒了生母的七姑娘抱在自己身邊養著。此時，年方九歲的七姑娘正好在楊氏的馬車上。小姑娘好奇心重，偷偷掀開馬車上的簾子往外看，正好就看到了等在旁邊的王蓉一行人。王蓉也看到了馬車上的小姑娘，不過並未多留意。

楊氏轉頭看了一眼，就著簾子挑起的細縫，見到靠在劉鐵懷裡的王蓉也是皺了皺眉，再一晃看到旁邊的陳軒，楊氏的眉頭皺得就更深了。

這幾年，陳侯話裡話外在楊氏跟前誇了陳軒好幾次，有時候還會感慨，老大、老三缺乏歷練不及陳軒處事果決明斷，這話聽在楊氏這個當娘的耳朵裡，自然是不舒服的，因此陳軒雖然在陳侯那立了不少功勞，幫著陳侯管著重要的州府，楊氏對陳軒印象卻不太好。

只是聽說這次瘟疫，這一大家子能這麼順利的活下來，還是有賴於陳軒獻上來的什麼策略，這麼一來，楊氏想要對對方冷臉實在說不過去，也不太符合她大家子女從小受到的教育，因此面上表情便稍微有點扭曲，幸虧七姑娘一直盯著窗外，馬車裡也沒其他人……

# 第三十四章

「好了，走吧。」

車隊終於過去，陳軒招呼劉鐵、王蓉跟在車隊後面往裡走。

原以為，陳家家眷剛到，陳侯怎麼也要先見見家人，他們猜測得等到明天才找。這樣也好，他們也好收拾收拾、歇一歇，這一路急行，王蓉還真有點受不了。

沒想到，當天晚上，王蓉幾個就得了陳侯召見，去參加宴會。

不僅如此，這宴還是家宴。

「這不太合適吧？」人家一家子骨肉敘親情，他們算是怎麼回事？陳軒還能勉強算是陳家人，她跟劉鐵這就是徹徹底底的外人，陳侯怎麼讓他們去參加這樣的宴會？

劉鐵是丈二和尚摸不著頭腦，陳軒也有點懵，不過陳侯既然讓人叫了，難道他們還能推辭？自然只能硬著頭皮上了。

晚間，三人收拾妥當到了大帳前。有專門的人將他們領到陳侯跟前。

陳侯簡單打量了王蓉三人幾眼，尤其在王蓉面上停留了兩秒，又簡單寒暄了幾句，雙方見禮完畢，陳侯就揮了揮手。「坐，坐……」

立馬有人將他們引到左邊的座位上。

這裡是分餐制，每個人面前都有一個小桌，桌子上擺著幾樣酒菜、點心，王蓉撩眼看了下，每份的分量不多，做得看著還算精緻。

既然來了，肚子又實在是餓得緊，王蓉便也不客氣，上來就先嗑掉了大半糕點。嗯，是蘿蔔糕、棗泥糕，做得還算可口，熱呼呼的吃到肚子裡，再喝上兩口熱茶，還挺舒服的。

吃完，王蓉看了看旁邊的劉鐵，見他一直沒動，便指了指小桌上的糕點，點了點頭，意思味道還不錯，讓他快趁熱吃。

他們一路過來，到這邊也只換了身衣服，並沒有吃上飯，這會兒早餓了。

上面一直暗暗關注著三人的陳侯見了，笑著捋捋鬍子點了點頭，不錯不錯，高人雖然長得讓他有些失望，做事風格卻著實有高人的作風。沒見這一大帳子人，包括陳軒在內，沒他發話都沒人敢動面前的吃食嗎？

「夫人，阿軒他們一路過來辛苦，叫人再給他們上些好吃的。」

楊氏了然的笑著頷首，轉身招呼下人安排去了，然後很快王蓉就發現她的小桌上又多了幾道酒菜、糕點。

正想轉頭看看其他人那邊是不是也加了，上首陳侯突然咳嗽兩聲，全場陡然靜默。

王蓉也趕緊將筷子放下，雙手放在腿上正襟危坐。

「今天是個好日子……」陳侯洋洋灑灑發表了好長一串演講。大意無外乎，我很高興你們都能平平安安回到我身邊，以後我們一家人好好的，共同為美好的明天奮鬥。

說完陳侯頓了下，王蓉下意識——鼓掌。

鼓掌完才發現，所有人全都轉頭看她。好吧，這年頭，上面人發表講話，下面聽著就是了，跟著附和兩聲也是有的，可真沒人鼓掌。

王蓉尷尬癌都犯了，正不知所措，劉鐵、陳軒已經起身要站起來拉著她上前謝罪。

陳侯忙哈哈大笑著擺了擺手。「都是一家人、都是一家人，不用太在意，隨意就好、隨意就好，說起來此番他們能夠脫險，還要多謝姪媳婦呢，來來來，老四、老五、老六你們替為父敬你們表哥表嫂一杯。」

「敬表哥表嫂……」四公子、五公子、六公子都不大，最大也才十七，最小的才十二歲，都還是少年，得了令紛紛笑嘻嘻離座到了王蓉、劉鐵這邊敬酒。

劉鐵原本酒量一般，在外面應酬的多了，倒是練出一些酒量來，卻也禁不住好幾個人一起灌；陳軒本就是個文弱書生，這些年沒顧得上好好保養，身子更弱，平時都不怎麼喝酒，酒量能有多高？最後宴會結束，三個人除了王蓉，陳家人顧忌著她是女眷沒敢狠灌，剩下兩個都被灌趴了。

看看趴在桌子上的兩個醉漢，再看看旁邊纖細柔弱的王蓉，陳侯道：「阿軒跟阿鐵都醉了，表姪媳婦一個人怕是照顧不過來，這樣吧，牡丹，今天晚上妳就辛苦一下，好好照顧阿軒。」

陳侯一開口，旁邊被叫牡丹的丫鬟，眼睛一下亮了好幾個度。

眼見著對方就要過來扶人，王蓉腦子裡那根弦錚的一下繃緊了，腦子還沒反應過來，身體已經下意識擋在了牡丹的前面。「陳侯客氣了，這次過來，也帶了幾個護衛，照顧他們夠了，實在不敢煩勞這位妹妹……」

陳侯也不過隨口一提，王蓉拒絕了，他也沒放在心上。「那行吧，有需要了就找人幫忙，一家人別客氣。」說完就率先離開了，今天他高興，酒也喝了不少，正上頭難受呢。

陳侯一走，其他長輩也都紛紛告辭離開，四公子幾個幫忙叫來候在外面的護衛，王蓉笑著謝過，跟護衛一起扶上陳軒、劉鐵往外走。

牡丹見確實不用自己幫忙，這才失望的離開了。

回到他們住的地方，王蓉怕再出什麼紕漏，還特意吩咐幾個護衛一刻不離的在陳軒那邊守著，這才回到隔壁她跟劉鐵的住處。

這一天，先是趕路，身累，又是宴會，心累，最後還要想方設法幫著二姐保住姐夫的清白，王蓉覺得她兩輩子都沒這麼累過，倒在床上原只想著躺躺歇一下就爬起來洗漱，結果躺下沒兩分鐘直接就這麼睡了過去。

第二天爬起來，王蓉跟劉鐵身上的衣服已經皺得沒法看了。

王蓉懊惱的拍拍腦袋，從床上爬起來，可能是動靜有點大，把旁邊的劉鐵也給吵醒了。「蓉娘？」

「嗯，頭還疼嗎？」

「疼……」劉鐵難得的竟然跟王蓉撒起了嬌，牽著王蓉的手要她給按頭。

王蓉也沒拒絕，一邊按一邊把昨晚後來的事情給說了。

劉鐵聽了王蓉說的「牡丹事件」沈默了半晌，方勸戒道：「下次再遇到這樣的事也不用逞能。」

昨晚是陳侯沒放在心上，若是換個人，怕就要嫌棄王蓉不識好歹了。

王蓉何嘗不知昨晚是僥倖，現在回想起來，她也是有些後怕。「只是，二姐那邊……」

「放心吧，二姐不會怪妳的。」

「我倒不是怕二姐怨怪我……」她只是出於同是女人，心裡的那一份執著。「算了，不說這個了。昨晚回來後，也不知道姐夫那邊有沒有又發生什麼事兒，你過去看看吧？」

「行，順便我再去給妳要幾桶熱水。」自家妻子愛乾淨，劉鐵還是知道的。

洗漱完，王蓉也沒出去，只自己用毛巾擦乾頭髮。正擦著，劉鐵打外面進來了。

「收拾收拾，我們一會兒就走。」

「這麼快？」王蓉手下一頓。

劉鐵點點頭，上前接過王蓉手裡的毛巾，幫著擦，一邊擦，一邊道：「剛剛姐夫帶我去拜見了陳侯，該說的都說了，也沒必要再留下了。」因為之前已經賞賜過不少金銀財物，這一次陳侯並沒有再提什麼財物，而是親口給了兩人一個類似於苟富貴無相忘的承諾……

擦乾頭髮，東西倒是好收拾，不過是一身換下來的衣物，也沒來得及洗，疊一下，用個包袱皮一裹，三兩下就好了。「夫人那邊要不要道個別？」怎麼說人家昨天也招待他們了，雖然全程楊夫人都是端著，只勉強露了個笑臉。

「不用，夫人她們昨晚連夜就已經安排到其他地方去了。」

那敢情好。「那這就走吧。」

幾個人動作很快，見完陳侯出來，不到半個時辰就從大營出來了，走到門口，沒想到又跟一隊人撞上了。因著雙方速度都比較快，王蓉又坐在劉鐵懷裡，也沒細看，只是錯馬的一瞬間，餘光瞄了一眼。

「怎麼了？」似乎出來之後，王蓉就在發呆。

「沒什麼，就是感覺有點眼熟。」

王蓉搖搖頭，將那一抹身影拋到腦後。

回家的路，怎麼快都覺得不夠快，連著趕了幾天，王蓉一行人終於回到了落花城。

「下雪了……」

一行人剛進城，天上就飄起了雪花。雪不大，要說多美，也沒有，只是落花城位置稍微靠近南方，這個地方每年下雪的次數並不多，因此引得不少老百姓出來看。好些小孩子跑出來，嘴裡叫著「下雪了」嘻嘻哈哈的在外面瘋跑。

此情此景，一下子就將王蓉的記憶帶回到了多年前。

「下雪了，下雪了！」

一場小雪不過是勉勉強強將地面染白，家裡幾個就耐不住性子一個勁要往外跑，小妹拉著王蓉的手，一個勁往外拖。「姐，雪，雪啊！成哥哥、婷姐姐他們都在玩雪，我們也去啊，去吧，去吧？」

王成、王婷他們則在外面大笑著衝她們招手。「蓉姐，小妹，快來啊……」

「啊！」成兒，成兒！王蓉突然一聲驚叫。

嚇得劉鐵大喊一聲「吁」好不容易才將馬勒停。

「蓉娘，怎麼了？怎麼了？」

王蓉激動得渾身上下都在抖。「阿鐵、相公，我們快回去，快回去，我好像看到成兒了，我看到成兒了……」

「王成？」劉鐵驚異的跟同樣勒住馬的陳軒對視了一眼。「妳在哪兒看到王成了？」

「就是之前在出營門那會兒，你還問我為什麼發呆來著……那個就是成兒，那肯定是成兒！」王蓉越想越覺得是，越想越覺得對方長得像二叔、二嬸。「我們快回去找他，快……」

「蓉娘，妳先別急，如果他真的是王成，人就在那兒，一時半會兒跑不了。咱們先回去，妳再好好想想，如果真覺得是，這事還得跟王叔、劉嬸商量一下。」

陳軒沒提王大貴跟張氏，畢竟人是不是還不好說，先跟他們說了，萬一不是，豈不白高興一場？

「對對對，軒哥你說的對，那咱們這就回去。」

王蓉迫不及待的想要把這個消息告訴王家人。也因此，劉鐵、王蓉回來後，第一時間並沒有回家，而是去了陳家，直奔王家人住的院子。

「蓉丫頭？阿鐵？你們回來了？什麼時候回來的？是過來接小定跟小章的？」

進了王家人住的院子，王蓉先看到的是坐在廊下的王老爺子。

王老爺子年紀大了，近些日子身子骨也不敢說多好，王蓉怕刺激到老人家，王成的事兒自然不敢先跟王老爺子提。只能耐著性子跟王老爺子嘮嗑些別的家常，說說這次去陳侯那邊的事情。等說的差不多了，這才跑去找劉氏跟王大富。可王大富今天不在家，據說是出去看宅子了。

「已經看中了兩處，只是價錢上還在商量，妳怎麼一回來就往這兒來了？可是有事？」

王蓉壓著心中激動點頭，然後把自己可能遇到王成的事兒說了。

「妳說的是真的？真看到了？在哪兒啊？怎麼不叫了他回來？」劉氏一聽也是很激動。

劉鐵趕緊安撫。「娘，只是可能，蓉娘也不能確定，只是看著長得像，都沒能說上話。」

「只是長得像啊？」劉氏先是失望了一下，然後聽說沒說上話，又帶了點期望。

「會不會真的是成兒？」

「看著年紀跟成兒的年紀對得上。」
「那……妳看清了？真的長得像？」
王蓉點點頭，確實像。「很像二叔。」
「那……」劉氏一下子站了起來。「我這就去叫了妳爹回來，這事得讓妳爹親自去跑一趟。」
「我跟爹一起去。」那人雖是進了大營，可誰也不知道是什麼身分，王大富想要去打聽不容易，劉鐵就好很多，最起碼這次過去，他在那邊也算混了個臉熟，去打聽個人還是比較容易的。
很快，跟房主商量價錢商量到一半的王大富就被叫了回來。原先王大富還有些惱，一聽說是姪子的事，立馬站起來就要走。
被劉氏眼疾手快的拉住了。「走什麼走？女婿剛回來，都沒來得及喘口氣，一口熱水都沒來得及喝呢，再說了，你就這麼走了，老爺子、二弟、二弟妹那邊問起來怎麼說？」
「那、那明天？」王大富轉頭看向劉鐵。「你身子還熬得住嗎？」
「熬得住。」他年輕恢復能力比較好，今天好好睡一覺，明天出發沒什麼問題。
「那就明天走。」

約定好時間，王大富、劉氏去想法子看看怎麼瞞過王老爺子跟王大貴兩口子，王蓉去劉杏花那邊看兩個孩子，劉鐵去前面找陳軒商量如果出現一些問題怎麼解決。

「那人既然能進大營，那麼身分打聽起來應該不難，不過我之前有注意他們的隊伍標誌是大公子陳沐那邊的，如果對方是陳沐手下的，這次過去只是給大公子辦事，那應該也不會在陳侯那邊多留，你們趕過去，恐怕人已經走了。」所以按照陳軒的想法其實是先讓人送信過去請陳侯幫著查一查人，確定人真的是王成，再過去不遲。

不過王家那邊心急看到人，怕是不會同意，所以陳軒又道：「若是到時候見不到人，你們就乾脆再往大公子那邊去一趟。只是到了大公子那邊，先別急著找人，先去找一趟老管家。」老管家之前去過山凹里，跟劉鐵也算有些交情，找他打探些消息應該沒問題。

一切安排妥當，第二天早上，天將將矇矇亮，王大富就過來叫門了。

王蓉心知王大富心中的急切，心下又酸又澀又心疼。

「我爹他心裡急，路上你看著他一些，也別走得太快，剛落了雪，路上滑。路上該歇的時候正常歇，你自己也是，照顧好自己。」

劉鐵握著王蓉給他整理衣襟的手，笑著放在唇邊吻了一口，點點頭。「放心吧，妳在家裡也別心焦，如果那人真是成兒，我們肯定能找到的……這一趟去可能還要去大公子那邊一趟，時間估計會比較久，回頭大嫂她們若是要出發往林州去，妳也就安安心心的跟著去，有了消息，我會第一時間讓人送去林州的。」

交代完，劉鐵又去看了看兩個還在熟睡的兒子。這次回來，匆匆忙忙的，只昨晚簡單跟兩個兒子在一起吃了頓晚飯，因怕他身體吃不消，吃完飯王蓉就催著他去休息，父子三個話都沒好好說上幾句。描摹著兒子的眉眼，劉鐵輕輕在兩個小子額頭上落下一吻，這才轉身出去。

王大富、劉氏已經在外面等著了，另外還有幾個陳軒派過來的護衛。

又是一番送別，劉鐵、王大富一行人很快上路。這一次，因為王大富不會騎馬，陳軒特意給尋了輛馬車，由劉鐵趕車，旁邊幾個護衛騎馬跟著。

看著馬車越行越遠，幾乎看不見了，劉氏才嘆了口氣，轉身衝王蓉道：「這一去也不知道能不能有個結果？行了，妳也快回去歇歇吧，之前就勞累了好幾天了。」

王蓉也沒推辭，她確實累得不行。「那娘也早點回去……」一句話沒說完，王蓉已經打了個哈欠。

劉氏擺擺手，看著王蓉轉身她自己又回頭看了一眼，這才跟著轉身回去了。

回到家，王蓉衣服都沒換，撲到床上很快就睡了過去，再次醒來外面已經天光大亮了。小劉章正在外面搖頭晃腦的背三字經，劉定今天竟然也沒去跟谷先生上課，而是在院子裡練拳腳，瓦頭在一邊看著。

劉定的拳腳也是陳軒特意找了武師傅教的，不求幾個孩子上馬能彎弓射箭，只求鍛練鍛練幾個孩子的身體及意志。

「娘？您醒了？」王蓉推開房門，小劉章第一時間放棄三字經一迭聲叫著娘撲了過來。

王蓉忙彎腰接住，並一個用力將小人兒抱了起來，還順手墊了墊，好像又重了些。

「娘這幾天沒在，你們有沒有好好吃飯啊？」

「有，娘，章兒每天都有好好吃飯，姑姑、舅娘、外婆、二外婆都誇我呢！」

「是嗎？那章兒很棒，娘獎勵一個香吻……」逗得劉章哈哈笑。

王蓉又轉頭看向剛剛結束一套拳法走過來的劉定。小小少年，身姿挺拔，面容雖然還帶著幾分嬰兒肥稚氣，卻不難想像長開後的俊美。之前沒練武，劉定身形看著還有些單薄，現在身上有了些小肌肉，雖然還是瘦，看著卻精神了不少。

只是現在天冷，昨天還下了一場小雪，雖然雪停了，氣溫卻又降了，這孩子穿的又那麼單薄，王蓉生怕他凍到，忙讓瓦頭去拿衣服。

「娘，沒事的，我不冷。」

「不冷也不能含糊，回頭灌了冷風，病了，要喝苦藥汁，你就知道難受了。」

「苦藥汁不好喝。」

「你看，章兒都知道苦藥汁不好喝。」說話間，瓦頭已經取了毛皮披風過來。

王蓉先把人給裹了，這才推著他回房去換衣服，又叫福大娘燒水，讓劉定擦洗一下。

劉定收拾完，換了一身衣服出來，王蓉這邊也已經收拾好了，早飯已經擺上桌了。劉家的早飯一貫都很簡單，一碗粥、兩樣包子、水煮蛋，一小碟醃漬的鹹菜。

用完早飯，劉定到陳家去念書，王蓉帶著死活纏著她不願放手的劉章去尋張氏、汪氏商量回林州的事情。

昨天已經落了入冬以來的第一場雪，後面越來越冷，路上肯定會越來越不好走，他們既然準備年前回林州，肯定就不能拖得太晚。

「已經跟一個商隊說好了，到時候我們跟他們一起走，十日後出發。只是這樣一來，妳娘家那邊的暖房飯怕是就趕不上了。」

王大富跟劉鐵出去了，王家的宅子卻還是要買的，估摸著這幾天就會定下來。宅子買好了，總要收拾一下，才好往裡搬，她們十日後走的話，收拾東西時間倒也還算寬裕，但暖房應該確實是趕不上。

「沒事的，事出有因，我娘不是不講理的人，不會放在心上的。」再說她娘現在滿心滿眼都是王成的事情，怕是在結果出來之前，也沒什麼心思辦宴席。

不過，她自己還是要多往娘家跑幾趟的。

# 第三十五章

很快，王家的宅子就定了下來，就跟進士巷隔了一條街。

王蓉也跟著劉氏去看了一回，宅子不算很大，也就一個稍微大點的四合院，正屋四間，左右廂各兩間，前面還有三間倒座房，院子寬寬敞敞的，院子裡種了兩棵桃樹，還打了一口井，生活倒是很方便。

宅子確定下來，劉氏、王栓兩口子忙著收拾，該修的地方要修，院牆有些地方斑駁了，也要整理一下。

王蓉這邊則要最後再把給林州那邊各人帶的禮物、路上準備的一應吃食、藥品等物件再好好對一遍然後打包，免得落下了什麼。

十日後，王蓉帶著劉定、劉章跟汪氏等人一起坐上了去林州的牛車……

再說劉鐵這邊。

果然正如劉鐵他們當初想的那樣，王成這次只是過來替大公子辦事，等到他們趕到，人已經回大公子那邊了。不過好消息是，雖然還不太確定這個王成是不是他們要找的那位王成，但可以確定的是王蓉看到的那個人確實叫王成。再結合王蓉說的長得像王大貴，那麼可能性一下子就有了七、八成，激動的王大富當時說話，嘴角都在哆嗦。

只是大公子那邊，畢竟屬於疫區，雖說瘟疫的疫情已經得到了有效的控制，大夫也已經研製出了有效的治療藥物，可王大富可能是太過激動，加上連日沒休息好，身體有些病症。

穩妥起見，劉鐵便沒有同意直接去疫區，而是在途中找了個地方住了下來，並找了大夫過來給王大富看病。而他自己帶人去大公子那邊見老管家。

「王成？」

「對，您對他可熟悉？」

「熟。」老管家捋著一大把鬍子點頭。「大公子正吩咐我給他尋家人，所以最近接觸過不少次。」

「尋家人？」劉鐵聽了心下一動。「他也在尋家人？」

「也？」老管家手上一頓，抬眼看向劉鐵。「你來找我也是尋家人？不對吧？你們劉家好像沒啥失散的親人吧？」老管家之前去過山凹里，跟劉老頭聊了不少，兩人年紀相近，也有話說，因此對劉家情況還算了解。

「有啊，怎麼沒有，有個表姑，不過已經找到了。這次過來倒不是為了劉家的事，是為了王家的事……」

「王家？唉唷，看我這破記性！」老管家一拍大腿，騰地一下站了起來。「我就說看王成總覺得有點眼熟，就是死活想不起來像誰，你這一提，我倒想起來了，他可不就跟你媳婦長得有三分像？」

再想想剛剛劉鐵說的話，敢情這王成要找的就是眼前這小子他媳婦家？

「這世上不會有這麼巧的事兒吧？」

「說不得，還真就這麼巧，不過現在還不確定，煩勞您老把人叫過來下？」

老管家瞇著眼連連點頭。「好說，好說，這要真是，我也算是積了一份功德呢。」說著，就衝外面喊了一嗓子。「行了，等著吧，王成這兩天沒出遠門，應該很快就能過來。」

王成來的很快，被叫過來時還有點懵，進來看到老管家身邊的劉鐵也沒太在意。

「您找我？」

老管家擺擺手，指了指旁邊的劉鐵。「不是我找你，是他找你。」

他？王成疑惑的看看老管家，又看看劉鐵。

劉鐵笑著點點頭，不動聲色的將王成上下打量了一番。嗯，確實跟他媳婦有兩、三分相似，跟二叔更是有六、七分相似，估摸著應該沒錯了。

「你叫王成？」

「是，您是？」

「聽說你在尋家人？」

王成原本漫不經心的面上立馬一肅，眨眼睛腦海中便劃過無數想法。「不錯，你？」

「我也在替我的妻子尋家人……」

「妻子？」王成猛然睜大眼睛，呼吸都有些急促起來，看看劉鐵的年紀再想想家中姐妹的年紀。「你你你，你！你是不是蓉姐的丈夫？」

劉鐵笑著點點頭。「如果你說的蓉姐，是叫王蓉的話，哦，對了，我妻子還有個二叔叫王大貴……」

「爹，蓉姐……」

有一句話叫「踏破鐵鞋無覓處，得來全不費工夫」，王成日裡夢裡設想過無數次，有一天他跟家人相逢、相認，卻沒想到會是在這樣的情況下，由一個陌生的男人突然站到他面前告訴他，他是他的姐夫……

刺激太大，王成花費了他這麼多年歷練出來的所有才勉強控制住情緒，不至於在劉鐵勉強嚎啕大哭，卻還是紅了眼圈。「我爺，我爹，我娘，大伯大伯娘，還有栓子哥，蓉姐，婷婷，他們這些年都好嗎？」

劉鐵笑著點點頭。「都好，老爺子身子骨還算硬朗；你爹你娘也都好，就是念著你；岳父岳母身子也都硬朗，這次原本岳父也跟著我一起過來了，只是路上走得急，岳父身子有些不爽利，這邊之前又是疫區，我沒敢讓岳父過來；大哥已經娶妻有了一雙兒女；你蓉姐也嫁了我給你添了兩個外甥；婷丫頭嫁在林州，已經有了孩子……年後我大姪子在林州成親，你爹你娘也想去看你外甥，算算日子，他們現在可能已經在去往林州的路上了。」

「林州？」爹娘他們現在在林州？王成轉身就往外走，他要去林州，現在就去。

劉鐵也沒攔，只是幽幽道：「你不想問問他們到了林州住哪兒？不想知道你妹妹嫁的是哪一戶人家？不想知道這些年他們沒有你的消息是怎麼過來的嗎？」

當然想。王成腳下一頓，這才意識到自己太過急切了，轉身給劉鐵道歉。「姐夫見諒。」

劉鐵搖搖頭。「你的心情我都理解，你蓉姐在我們剛進落花城時反應過來看到的是你後，便立刻就要調轉馬頭回來找你；岳父岳母得知你的消息，一天都等不及，岳父更是為了早點找到你生生累病了。想來你的心情跟他們也差不多，只是老爺子跟你爹你娘那邊，我們這次過來，怕弄錯了，再叫他們空歡喜一場，沒敢告訴老爺子跟你爹你娘……

「所以，是不是要先送封信過去？」讓王大貴、張氏他們最起碼先有個心理準備，尤其是張氏，萬一失散了這麼多年的兒子一下子出現在面前一時激動之下，再犯病了就不好了。

王成想想也確實是這麼回事，而且大伯千里迢迢的來找他病了，他看都不看一眼，就直接跑去見爹娘，也不好。於是耐下性子，等劉鐵給林州、落花城都送了信回去，王成這才簡單收拾一下，交接了大公子這邊的工作，跟著劉鐵去看留在客棧養病的王大富。

叔姪倆一見面，抱頭痛哭。

好半晌，王大富才先擦了淚，拉著王成坐下細細打量，又問這些年是怎麼過來的？

「後來我們又回去找了幾次都沒找到你。」

「這說來就話長了……」原來當年遭遇匪禍時，王成正好出來找妹妹王婷，匪徒到來時，兄妹倆其實就隔了不遠，他已經看到妹妹了，還有他哥，只是不敢叫，怕把壞人引過來。後來他親眼看到他哥……而妹妹被家人小心翼翼的捂著嘴巴帶走，他也不敢吱聲，他想繞過壞人去追家人，卻不想一腳踩空，順著一個斜坡滾到了另一邊，腦袋撞在一棵樹上暈了過去……再醒來他已經在一輛牛車上了。

「救我的人是我的養父，他早年走鏢為生，那一次他們押送的貨物也遭了劫匪，養父還受傷瘸了一條腿，也是恰巧看到我才撿了我。」只是那時養父自己也受了傷，自然不敢在原地停留太久，撿到他就立馬離開了，也因此錯過了王家後來幾次回頭尋找。

「再後來你就跟你養父到了這裡？」

王成點點頭。「中間也回去那邊找過幾次，附近的村鎮也都問了，一直沒有打聽到你們的消息。」

「那是肯定的，因為我們根本沒在附近逗留太久，找了你幾次都沒找到，你娘她……自打你們兄弟出事，你娘精神就不太好，時有犯病，我們也不敢留。」

「犯病？娘她怎麼了？」王成急切的問道。

王大富一時間不知道該怎麼描述，王成又看向劉鐵。

劉鐵張了張嘴，想著這事肯定是瞞不過去的，總會知道，便也實話實說。「你娘有時候會犯瘋病，不過，你也別太擔心，大夫說了，她這是心病，說不得見到你就好了。」

王成卻愣怔半天沒回過神來，一想到原先溫柔似水的娘親因為失去哥哥，加上他不見了，時不時會像瘋子一樣發狂，他就心疼得幾乎窒息，恨不能立馬插上翅膀飛到他娘身邊，撲到他娘懷裡嚎啕大哭。

王大富顯然也很急切想把王成帶回去，一刻都等不及，第二天天還沒亮，一行人就早早啟程了。

「咳咳……」

王大富病還沒好，早上出門吹了點涼風，又開始有些咳嗽。

「大伯，要不，咱們還是找個地方停一停找大夫看看再上路吧？」雖然心急，王成也沒有不顧王大富身體的想法，畢竟是親大伯，小時候王大富也是很疼愛他的，只要出去，都會給他們帶小玩具、好吃的，且一點都不偏心，蓉姐有的他一定有，而且因為他小，有時候栓子哥都沒他的待遇。

「沒事沒事，咳咳……不是多大問題，回去再看也不遲，我這心裡掛著事，喝了藥也不見得就好了，之前在客棧裡也不是沒喝，馬車上也還有幾副藥呢。」

「那我給大伯熬藥。」

這一段是官道，道路比較平坦，劉鐵趕車小心一點，熬藥倒也不是不行，王大富便點了點頭，一邊看著王成動作，一邊說起這些年王家在山凹里的生活。

「這麼說來，咱們家現在還跟侯爺連著親？」這還真是王成沒想到的。

「可不是?不過關係也沒那麼親近就是了。」

王成點點頭，親不親近對他都沒差，反正他也沒想著從陳家那得什麼好處。之前幾年，他唯一的念頭就是找到家人，現在終於找到了，下一步要做什麼他都還沒來得及想呢。

只是沒想到轉瞬王大富就關心起了他的親事。待得知他還未娶妻，立馬就操心上了。「你年紀也不小了，之前你養父去了也沒大人給你張羅，等回去了，讓你大伯娘給你看看，好好找個好姑娘……」

劉鐵的信先一步到，劉氏得知確實是王成，雙方已經相認，且正在往落花城這邊趕，激動的立馬眼淚就下來了。什麼都顧不上了，先去尋了王老爺子。

王老爺子年紀大了，最喜歡含飴弄孫，這會兒正在給趴在膝頭上的小孫子講故事。小孫子聽得認真，老爺子講得也是激情澎湃，看到大兒媳婦進來，手裡還攥著一封信，疑惑了一下，不過也沒立馬停，直到故事講完了，才打發小孫子去一邊玩，轉頭看向貌似很激動的兒媳婦。「出了什麼事了？」

「爹，找到了，找到了！成兒找到了！」

「啥？妳再說一遍，我這年紀大了，耳朵不好使，妳剛剛說啥找到了？」

「成兒找到了，二弟家的成兒找到了，正在回來的路上……爹，爹，您沒事吧？」

「沒事沒事。」就是太激動了，一下子起身太快，腦供血不足。「可確定了？」

「確定了，確定了。」劉氏瘋狂點頭。「之前沒確定，沒敢跟您說。」

劉氏這麼一說，王老爺子也很快就反應過來，大兒子跟孫女婿前幾天急急忙忙出門是幹啥去了。「胡鬧！這麼大的事，你們怎麼能瞞著我？信上可說了，什麼時候能到？」

「說了，估摸著這兩天就能到。」

「好好，搬家，搬家，今天就搬……」失散多年的孫子找回來了，怎麼能還在親家家裡住著？一定得搬，立刻搬。

「不等栓子他爹了？」

「不等了，不等了，今天就搬，今天就搬。」人逢喜事精神爽，老爺子幾句話說的中氣十足，好像一下子年輕了十來歲。

劉杏花那邊收到王家突然要搬出去的消息，還以為是出了什麼事，結果過來一問，知道是這樣天大的喜事，也是喜得不行，原先想的那些勸著過些日子再搬的話也沒說出口，只是讓人去前面跟陳軒說了一聲，尋了不少人來幫忙，她自己也跟著忙前忙後。

如此忙活了一、兩天，待劉鐵、王成一行人進了落花城，王家那邊將將收拾好。

雙方見面，自然又是一陣痛哭，眾人怕王老爺子年紀大了，一激動再出點什麼問題，一個勁在邊上勸著，王成也不敢太招老爺子傷感。只挑了好的說給老爺子聽，老爺子抓著王成的手，一晚上都沒鬆……

直鬧到亥時，眾人才散去休息。

躺在劉氏特意收拾的鬆軟帶著陽光味道的棉花被上，王成這麼多年來第一次睡得那麼安心，老爺子半夜進去看他，給他掖被子，還在他床邊坐了半晌他都沒發現……

再說林州這邊。

劉鐵當初送信時，因為不知道王蓉她們走到哪裡，路上也不好送信，所以信是直接送到金氏、劉老頭他們這邊的。

金氏得到消息，自然第一時間就把這個好消息分享給了王成的親妹妹王婷。

王婷得到消息時正在給兒子餵飯。「你說什麼？你再說一遍？」猛然起身，手裡的碗、勺子都掉了，飯灑了一地，兒子嚇得哇哇大哭，也不知道有沒有被燙到，王婷全都顧不上，只雙眼直勾勾的盯著送信人，看得過來送信的小廝嚇得直咽口水。

王婷婆婆在廊下做針線，聽到孫子哭趕緊進來看，眼見著兒媳婦直勾勾盯著個男人，孫子哭也不管，正待訓斥幾句，卻見兒媳婦猛然轉身抱著孫子嚎啕大哭，那山崩地裂的哭法把她都給驚住了。

「娘，我哥找到了，我哥找到了……」嚎啕大哭了約莫有一刻多鐘，王婷才勉強收住情緒。

王婷婆婆趕緊把孫子從王婷懷裡抱過來哄，不過聽到王婷的話，也愣了一下，兩家能夠做親，王家的情況她自然是很清楚的。王婷有一個失散的二哥，這事她也知道，可是不是說找了這麼多年都沒找到，怕是找不到了嗎？怎麼突然找到了？

「不會弄錯吧？」

「不會，不會，絕對不會！」王婷連連搖頭。「是姐夫跟大伯一起去確認的，已經確認過了，確實是二哥，姐夫信上還說，年前就會帶二哥來林州……」到時候他們一家人總算是能團聚了。這麼些年她心裡壓抑的對二哥走失的那份愧疚也終於能消散一些了。

「那是好事啊，到時候請了他到家裡來，正好也看看寶兒，還有妳爹妳娘，之前不是說年前要過來？什麼時候到？到時候我們也好上門去拜訪一下。」他們這孫子都有了，正經親家還沒見過面呢。

幾日後，王蓉一行冒著風雪到了林州。

金氏、李氏、林氏她們得到消息，趕緊迎出來。「盼星星盼月亮的，可算是把你們盼到了，路上還順利吧？」

而後又是好一番寒暄見禮。

見禮畢，眾人一起往裡走，金氏招呼王大貴兩口子；李氏搶了劉章抱在懷裡；林氏跟張氏、汪氏、王蓉湊一起說話；劉定在後面跟著。

進到堂屋，李氏、林氏又張羅著給弄茶水什麼的，好半天，大家才坐下一處說話。

「說來，我這還有個好消息要告訴親家二叔、二嬸呢。」

「好消息？」王大貴兩口子對視一眼，疑惑的看向金氏。

金氏笑咪咪的點點頭。「原本呢，這個好消息應該是老四跟你們說的，不過之前你們在路上，不好送信，老四就把信送到了我這裡。」

說到這，金氏頓了頓，看了眼王蓉，才又繼續道：「老四說，你們家王成找到了……」

說完，金氏原本以為王大貴兩口子會有劇烈反應，她都已經做好準備了，卻見那兩口子呆呆坐著一點動靜都沒有。反倒是旁邊老四媳婦，雙眼發亮，激動得手腳都在抖……好半天，王大貴才像是回過神來。「妳、妳剛剛說什麼？誰？誰找到了？」

「王成，你們的兒子王成，找到了，現在估摸著已經跟老四一起回到落花城了，過些日子……」

「找到了，找到了，成兒找到了……」金氏話還沒說完，王張氏突然蹦起來尖叫一聲就往外跑，一邊跑一邊喊。「成兒，成兒！」

王大貴、王蓉第一時間都沒反應過來，等反應過來便跳起身趕緊去追。

「二嬸，二嬸！」王蓉自認自己腿腳不慢，王大貴一個成年男人，腿腳就更不慢了，可饒是如此，他們也是追出去有幾百公尺才追上鞋都跑掉了的張氏。

「成兒，成兒，成兒回來了，成兒，我要成兒，嗚嗚……」被王大貴攔腰抱住，王張氏還一個勁掙扎、踢打，不多時間，衣服也皺了，頭髮也亂了，真的跟個瘋婆子似的。周圍好些街坊鄰居不明情況，都探頭探腦的往這邊看。

金氏、李氏幾個慢一步也都跟了過來。

「看這事弄得，我……」金氏原是好心，畢竟是天大的喜事，這才對方一進門剛喝完茶就告訴對方，沒想到弄成這樣。

王大貴一邊應付著劇烈掙扎甚至用上嘴咬的張氏，一邊喘著粗氣搖頭。「這事不能怪妳，就算是換一個場合，她也會這樣的。」

這麼多年他都習慣了。王蓉看著卻依舊很不習慣，再想想出事前，說話做事總是溫溫柔柔的二嬸，對比眼前這個狂亂的婦人，王蓉腦海中突然就滑過上輩子不知道初中還是高中學的一篇文章《范進中舉》，想到文章中范進因中舉喜得痰迷了心竅，被他老岳父一巴掌扇醒，王蓉甚至不及多想就上去給了發瘋的張氏一巴掌。

「啪」一巴掌打下去，四下皆靜，就連剛剛還不停撕咬的張氏都停了動作，好像世界突然間被按下了暫停鍵。

直到劉定拽著百里大夫氣喘吁吁的跑過來……

# 第三十六章

王張氏跟范進的情況不同，王蓉也不是女主光環開到令人瞠目結舌的老天爺閨女，這一巴掌自然是沒能把張氏的病打好的，不過也不是一點效果都沒有，最起碼確實把張氏從之前狂喜的情緒中解救了出來。

加上百里大夫開的安神藥，張氏很快就睡了過去。

「二叔，對不起，我……」

王大貴搖搖頭，雖然神情中帶著疲倦，可兩隻眼睛卻灼灼的能發光，剛剛張氏這麼一鬧，很多之前沒想通的，王大貴也想明白了。「之前大哥匆匆忙忙的跟阿鐵一起出去，是不是就是去找成兒？」

王蓉點頭。「之前還不太確定，怕空歡喜一場，就沒敢跟二叔、二嬸說。」

「你們是怎麼找到他的？他還好嗎？」

好不好的，王蓉不太清楚，不過還是把之前看到的都跟王大貴說了一下。「他們應該過些日子也會到林州來，二叔到時候可以自己好好問問。」

「是，是要好好問問！」王大貴握著拳頭，勉強壓抑住激動，直到王蓉離開了，才把自己腦袋埋在張氏床邊嗚嗚大哭。多年的奢望，念想一朝成了真，那種巨大的喜悅，幾乎將他整個人淹沒。

第二天，得到消息的王婷趕過來，一家三口抱在一起又是一陣大哭。哭完，抹了眼淚，王婷才不好意思的跟王蓉道謝，然後姐妹、母女、父女一處敘舊。得知周家不管是周清，還是周母對王婷都很好，王大貴、張氏、王蓉也都放了心。

「本來今天想把寶兒也帶過來的，只是出門時，寶兒有點不舒服，一直哭，就沒帶過來，下次再帶過來給爹娘看。」

「好！」人逢喜事精神爽，剛剛得到兒子的消息，又見了多年沒見的閨女，兩口子哪怕是昨天鬧了一通的王張氏，現在也是一副精神奕奕的樣子，這會兒又提到外孫，神情更溫柔了幾分。

周家那邊也很會做人，趕著周清下一個休沐，就準備了厚禮帶著寶兒登了門。周清先拜見了岳父岳母，然後翁婿一處好好說話。周清是個讀書人，又為官多年，適時適當的圓滑討好岳父還是會的，只半天時間，就爭得了王大貴、張氏的好感。

周家拜訪後，時間很快就進入了臘月。

其間劉鐵又送了信來，他跟王成不日就將從落花城出發往林州這邊來。

自打得了信，王大貴時不時就往落花城城門口那邊去轉悠，張氏手裡做著繡活也習慣性的往門口看。兩口子嘴裡沒說，心裡對兒子的期盼，明眼人都看在心裡。

王蓉有時跟金氏還有幾個妯娌一處說話，都會聽到她們感慨可憐天下父母心。

日子在王大貴、張氏兩口子的期盼中一日日過去。

這天，陰了多日的天難得放晴，王蓉便把她跟兩個孩子那邊的被子、褥子全都收拾出來拿到外面曬了曬。正一邊跟劉章還有劉錫家的龍鳳胎玩著躲貓貓遊戲，一邊拍打掉被子上的灰塵，外面突然傳來一陣喧鬧聲。

王蓉正好奇著，原本坐在堂前做針線的張氏猛然站起了身，扔下針線筐就往外跑。王蓉一看張氏的動作，也以為是劉鐵他們到了，停下撲打被褥的動作，也要出去瞧，結果剛走了沒幾步，張氏就失落的回來重新拿起了針線筐。

「二嬸，外面……」

「外面有人家辦喜事。」

王蓉點點頭，隱約記起金氏前幾天好像確實說過巷子裡誰誰誰家嫁閨女來著。

果然，又過了些時間，外面傳來喜慶的嗩吶聲，劉章幾個孩子好熱鬧，咋咋呼呼的要出去看新娘子。王蓉不放心跟張氏說了一聲便也跟著去了。

那邊新郎官正被攔在外面，到處撒喜糖，又被起哄著要撒錢，還要對詩，熱鬧的不行。

劉章幾個小，王蓉不敢叫幾個人去跟別人搶，怕被人踩到，只拉了幾個孩子在邊上看。旁邊一個嬸子看到了，笑呵呵的從自己兜裡將自己搶來的糖果子抓了一大把給劉章幾個娃一人分了一些。又跟王蓉八卦這家女婿家裡多麼多麼有錢，家裡是開綢緞莊的，在其他地方都有鋪子，還是家裡的獨生子云云。

王蓉只樂呵呵的點頭，時不時應上兩聲「這樣啊」、「那確實是」，一時兩人倒也聊得挺開心。

眼見著這邊新郎官費勁千辛萬苦，終於進了院門，大家一擁而上跟著進去湊熱鬧。劉章、龍鳳胎也要往裡擠，王蓉趕緊把幾個孩子拉住。

只是三個孩子，一個勁要往裡去，王蓉又不敢太用力，怕傷到孩子胳膊，只能一步步被幾個孩子往裡拖，快要進大門的時候，王蓉下意識往巷子口看了一眼。

「成兒?!」王蓉沒想到會看到王成，還有劉鐵他們，高興的聲調都變了。

「爹！」劉章也看到了劉鐵，也不往裡擠了，鬆開王蓉的手，快速倒騰著小腿就往劉鐵那邊奔跑。

雙胞胎沒反應過來，可是見小哥哥跑，他們也習慣性的跟著顛顛往那邊跑，到了跟前才發現對面的人都不認識，茫然無措的看著劉章往劉鐵身上爬。

王成的到來在劉家造成的震動巨大。不說借住劉家的王大貴、張氏兩口子看到失散多年活生生的兒子站在面前那種激動。只說劉家上下，那也是或正兒八經的、或偷偷的不知道圍觀了多少次。

當然大家雖然抱著一種看稀奇的態度，但也都是善意的，畢竟都知道王蓉有這麼個弟弟，這麼多年過去，在彼此都不知道對方是否還活著的情況下，姐弟倆竟然在那樣的情況下相遇，也是不得不讓人感嘆命運弄人。因為這中間但凡有一點變動，認親這事都不知道要拖多少年，甚至可能一輩子都找不到也有可能的。

因此，雖然無意中當了一次動物園的猴子，王成也沒太在意，只是一心陪伴爹娘家人，想要把之前錯過的時間都補起來。

臘月二十，王成跟著王大貴、張氏去了一趟周家，王婷婆婆也很熱情，還邀請他們到周家去過年。

張氏倒有意想留，畢竟她多年沒見女兒實在是想得慌，可還不及答應就被王成拽了下袖子……

回去的路上，王張氏百思不得其解。「成兒剛剛為什麼不讓娘答應？我們在劉家過年不也是在親家嗎？」王蓉還不是她們二房的親閨女，只是姪女。論起來他們跟周家那邊關係還更近些。

「娘，那不一樣的。」哪怕他剛回來，跟劉家人待的時間不算太長也能感覺到，劉家上下對王蓉、對王家那是真的打心裡親近，不當外人。這一方面是王、陳、劉三家換親的關係，另一方面也是王蓉嫁過去這麼多年經營的結果。在劉家不管是金氏、劉老頭兩個老的，還是幾個妯娌個個對王蓉都很信服，愛屋及烏之下，對王家眾人也都非常親近不外道。

再看周家，或許今天王婷婆婆邀請他們去家裡過年也是真心，可王婷在周家並沒有王蓉在劉家的那種號召力。而王婷大嫂今天的態度雖然還不錯，卻說不上多親近，他們又何必冒著討人嫌的風險，還讓妹妹難做。

王大貴跟著點頭，除了那些考量，他也不同意臨時換主意去周家過年。「之前不都說好了嗎？在劉家過年。」

「行吧，你們父子倆覺得好就好。不過我們也不能白住了，這會兒天正好也還早，咱們去街上逛逛？狗蛋年後成親，咱們去挑挑看看能不能挑到什麼好東西，也給定兒章兒帶點好吃好玩的。」

說到狗蛋成親的事，張氏又關心起了王成的親事。

「之前也不知道你回來，要是知道就讓你大伯娘幫著打探打探好人家的閨女了，說不得等我們明年回去就能定下來，現在倒是又要往後推了。」

王成心道那還真不好說，按著大伯娘以往的性子。說不得這會兒大伯娘已經張羅上了。

不過這個王成肯定是不會提前跟親娘透露的，免得張氏又整天念著大伯娘會給他張羅什麼樣的姑娘。再叫爹寫信回去，叫大伯娘看到好的就直接給他定下來……

過了臘月二十，家家戶戶過年的氣氛越發濃烈。往年過年就要做的蒸煮灑掃，今天一樣不漏，因為今天算是劉家這麼多年難得的一次闔家大團圓，又有王家人在，因此這個年特別熱鬧。

幾個小的收壓歲錢，收到手軟。加上年後到處拜年收的拜年紅包，僅劉章一個人過個年的紅包收入竟然就達到了三兩多！比之前王蓉兩個月辛辛苦苦做繡活賺的還多！這還是有些給的太多，她沒讓收的結果……

過完年，劉金、劉銅、劉鐵在落花城那邊還有差事不能多待，只勉強過了元宵節就急急趕回了落花城。王蓉她們則開始熱熱鬧鬧的準備起狗蛋的親事。

轉眼，狗蛋成親這一天就到了。

王蓉作為嬸娘，因著在妯娌眼中一貫不擅長交際，因此只露了個面，就再次被委派了照顧幾個小孩子的任務。

雙胞胎還小，這天人又多，也不敢放劉章跟他們出去亂跑，王蓉就乾脆把幾個孩子都拘在房間裡講故事，從猴子大鬧天宮、真假美猴王、三打白骨精，講到孟母三遷、孔融讓梨。其間有其他孩子聽到動靜趴在窗戶邊「偷」聽，後面孩子越聚越多……

直到新郎官娶了新娘子回來，大家都跑去看新娘子，王蓉也帶著幾個孩子去看新娘子，孩子們才依依不捨的散了。

「一拜天地，二拜高堂，夫妻對拜，禮成，送入洞房……」

新娘子一身大紅嫁衣被媒婆攙扶著往洞房走，到了洞房裡坐好後，媒婆還要唱灑帳歌。劉章跟雙胞胎年紀小個子矮，踮著小腳也看不到，急得啊啊直叫。

王蓉只有一個人不可能把三個都抱起來看，只能不好意思的帶著孩子往前擠。好在，雙胞胎跟劉章都小，又是新郎官的弟弟妹妹，大家也能理解，看到了都會笑著往後讓，好讓小孩子們都能看到了，認識的還會招呼他們給他們騰位置。

總算擠到跟前，新娘子正在吃生餃子，幾個小傢伙看到了，急急喊：「嫂子，餃子是生的不能吃！」逗得大家哈哈大笑，幾個孩子還不知道大家笑什麼。

等程序走完，新房裡大多人出去做席，房間裡只剩下王蓉帶著幾個孩子，梅子紅著臉從床上摸了幾個桂圓紅棗給劉章跟雙胞胎，又紅著臉叫了王蓉一聲「四嬸」。

王蓉笑著答應了。「餓了吧？我去給妳弄點吃的。」說完扭頭叮囑幾個孩子在房間裡陪著新嫂子，不要亂跑，就轉身去了廚房。

等王蓉端著吃的回來，劉章竟然似模似樣的在給梅子講故事，講的正是王蓉之前講的猴子大鬧天宮。

「好了別講了，梅子先吃點東西，一會兒狗蛋就該回來了。章兒你們幾個也跟我走，咱們也去吃飯了……」

熱熱鬧鬧的親事終於落下帷幕，送走了最後一位客人，端著一天笑臉，臉都笑僵了的劉家眾人總算舒了一口氣。

金氏、劉老頭年紀大了，送完客人癱在椅子上好半天沒爬起來。

王蓉作為家裡唯一一個比較清閒的，主動承擔起了後續收拾工作。

張氏、李氏幾個緩了口氣也過來幫忙，總算是趕在亥時把一切都收拾妥當了。

第二天認親，王大貴、王成、王張氏也在，說起來，梅子所在的王家跟王蓉家竟然還有些千絲萬縷的聯繫。兩家竟然連五服都沒出。之前王家逃難時想要去投奔的姑姑，竟然也在多年前就全家搬到了林州，現在就跟王家住隔壁。幸虧之前他們沒有往南邊去投奔姑姑，不然恐怕也是失望。

狗蛋親事結束，王蓉、張氏、汪氏以及王大貴一家三口自然要啟程回落花城。只是這一次金氏跟劉老頭要跟著一起去落花城，以後也不知道還會不會回來，因此劉老頭便做主給幾個兒子分了家。

家裡的財產分配，都是過年那會幾個兒子在一起商量好的，說起來其實也沒多少東西要分，就公中跟王蓉的宅子鋪子，二房、五房也折算了銀子。

再一次站在林州城外的官道上，王蓉回頭最後一次看了眼林州，旋即便轉身上了牛車。

牛車上，金氏也是淚眼婆娑，劉定、平平、安安幾個在旁邊哄著。

牛車走出好一段，老太太心情才好些。王蓉幾個乘機說起落花城的家，說起落花城的繁華熱鬧，老太太便又暢想起了未來生活。

只是偶爾提起大丫跟山子的親事，還是會念叨。

大丫跟山子不小了，親事也已經定下，一個在年底一個在明年初，定的都是林州城的人家，人品家境都是金氏親自把關的，信是肯定信得過。只是到時候成親，她們很大概率是來不了的，因為實在太遠了，一來一回太過折騰。

等成了親，山子還好，就算是留在林州做事，也有機會往落花城來；大丫就不一樣了，這個年代，嫁了人，回娘家的機會都少，更何況是到落花城？

不過這些都是沒辦法的事情，王蓉她們也只能儘量寬老太太的心。

「奶，妳看，落花城到了。」

路上一連走了幾天，這個年代道路又不平坦，哪怕是坐牛車，人也不是很舒服。落花城終於到了，金氏、劉老頭都大大鬆了口氣。

老兩口甚至直接在城門口叫停了牛車要下車自己走。「坐得腿腳都麻了，下來走走正好舒緩舒緩腿腳，也看看城裡的熱鬧。」熟悉熟悉環境。

王蓉跟幾個妯娌對視一眼。行吧，那就兵分兩路，張氏、汪氏跟著車回去歸置行李，安排住處。王蓉帶著孩子們跟老太太、劉老頭、王張氏、王大貴、王成一起逛逛，熟悉熟悉落花城，順道再帶老太太他們去落花城最好的茶樓——聽風樓喝喝茶、聽聽地方戲。

落花城近一年變化很大，因為政治環境穩定，陳軒這個長官又重視商業，所以商貿方面相當發達。

在落花城裡四處都能感受到濃濃的商業氛圍，加上過些日子就是端午節，街面上各種粽子相關的吃食、五福衣裳、五福繡品等等。陳軒還讓官方組織了賽龍舟比賽活絡節日氣氛，設置了非常誘人的頭獎獎金，各支參賽隊伍摩拳擦掌，熱鬧的不得了。

金氏新奇的一連幾日都在外面逛，比王蓉妯娌幾個還有精神。直到王家那邊送帖子過來，請金氏、王蓉她們一起上山拜佛，金氏才消停。

說是拜佛，其實就是給王成相看媳婦。王蓉他們在林州城的幾個月，劉氏尋落花城的媒婆將落花城好人家的閨女幾乎翻了個遍，就差個個上門去看了，總算找出來幾個各方面感覺都合適的。

這不，王成一回來，心急的劉氏跟王張氏一合計就給安排好了。拜佛就是這一次相看的名頭。

「蓉兒，妳來的正好，來，幫二嬸參謀參謀，看看這幾個哪個更好？」

王張氏手裡拿的是根據媒婆的描述得來的各家千金的外貌長相、性格特徵、家世背景等等。王蓉隨手翻了翻，有五、六頁，從這些信息上來看，倒是都不錯，長相至少中等偏上，性格或溫婉、或爽利也都不錯，大多還有些或是繡花，或是做吃食、管家理事等一技之長，就是家世背景差距大些，有普通的商戶、讀書人家，也有官家小姐。

有兩、三個估計是劉氏、王張氏已經近距離考察過了，覺得前面媒婆描述的言不符實抑或是不太合適，後面劃了個小叉。值得注意的是，每一個後面都標注了嫡親兄弟姐妹的數量，有幾個兄弟多的，還被重點標記了。

「這個是老爺子的意思。」

「爺爺的意思？」

王張氏點點頭。「老爺子年紀大了，近來精神越來越不好，總念叨著子嗣傳承的事。」偏偏到現在王家下一輩就一個孫子，老爺子哪裡放心？

王蓉了然的頷首。「那成兒自己呢？沒有什麼意見？比如想要個讀書識字的？還是想要個長得好的？」

「成子那我也問了，他只說性子要好，要跟家裡人都處得來，不能娶進來個惹事精，其他的都讓我們做主。」所以她跟大嫂才難決定，想要學人家辦個賞花宴將人都請過來相看一番，身分上又覺得不太妥當只能作罷。只是這樣一來，就麻煩多了，那幾家千金每一家想要見到人家閨女都要想各種方法。

今天這一家實在打聽不到什麼，她們沒辦法只能弄個邀人一起拜佛的名頭。一開始還怕對方不答應，沒想到對方竟然應邀了。只是這迎面走來的姑娘，是不是太板正了……

小姑娘也就將將十四、五歲，看著卻一點沒有這個年紀該有的活潑，怎麼說呢？就像一潭死水一樣……劉氏、王張氏、王蓉、金氏見了心下都直搖頭。之前沒見到真人，劉氏、王張氏都對沈家姑娘抱著很大期望來著，畢竟外面傳聞，沈家是出了名的規矩人家，家風好，沈家姑娘也是沈靜有禮，只是現在看來……這媒婆的嘴，那是真的信不得啊！

意興闌珊的辭別了沈家人，劉氏、王張氏到車上就嘆氣。「說個親怎麼就那麼艱難？」這都看了多少個了，沒有十個，也有八個了，怎麼就找不到一個合適的？嘆完氣，王張氏將原來那幾張紙往邊上一扔，看都不想看了。

金氏笑著搖頭。「說親哪是那麼容易的？想當初我在林州給山子他們說親，那也都是一家家細細打聽的。要我說，妳尋了媒婆來問，倒不如找些婦人來問問實在。」有那好八卦的婦人，一個人就能把一大片人家的事兒都說的清清楚楚的。雖然難免加上點個人感情色彩，多問幾人也就是了。一個姑娘要是有什麼不好，外人不知道，那些婦人卻是最清楚不過的。

「再一個，人無完人，也別想著找那樣樣都好的，差不多合適就行。」要是能樣樣都好的，人家又憑什麼看上你呢？

劉氏、王張氏受教的點頭。後面果然有事沒事就出去，或是跟巷子附近的婦人聊聊天，或是去參加一些宴會，如此忙活了大半個月，等王蓉她們看完了端午節的熱鬧，竟真的讓她們尋到個合適的。

「也是姓沈，不過不是之前那一家，是另一家。家裡是商戶，主要做販茶生意，那姑娘是沈家長女，下面好幾個弟弟，她爹娘前幾年出門遭遇劫匪沒了，這兩年家裡的生意都是她在支撐，是個俐落能幹的。」

要只說為人能力，王成都不一定能配得上。不過那閨女有要求，嫁了人，她娘家的生意她還得管，她幾個弟弟還小，她也得照顧，所以出門應酬是必然的。因為這條件嚇退了不少好人家，要不然也輪不到王家去撿漏。

王家不在意這些，自家又跟官家關係親密，王成為人能力也還不錯，那沈家姑娘見了王成一面，略作考慮就同意了這門親事。

親事就定在九月，時間上確實有點趕，不過也沒辦法，王老爺子的身體越來越不好了，也不知道能不能熬過今年冬天……

另外還有陳家老爺子，這半年身體也是每況愈下，短短半個月，已經請了好幾次大夫了，藥方開了是一張又一張，卻是一點起色都沒有。劉杏花急得嘴角都起了一圈燎泡。

外面近來又正著緊，聽說已經到了最關鍵的時刻，陳軒前天又被陳侯急召走了，也不知道什麼時候能回來。現在落花城的事情，很多都是劉鐵在支應。

# 第三十七章

七月初十，王蓉照例處理完家事去陳家那邊看看陳老爺子，哪知道一進門，就見下人沒頭蒼蠅似的往外跑，若不是王蓉緊急收腳往後退了一步，就撞上了。

「怎麼了？這是？」

「老太爺，老太爺突然不好了。」

「什麼？」雖然心中已經有了準備，可是真的到了這一天，王蓉心裡還是有些接受不了。踉踉蹌蹌的跑進去，裡面已經可以聽到陳晨的哭音了。

老爺子倒是還沒閉眼，可也已經說不出話來了。

旁邊，劉杏花正強忍著悲傷，一邊吩咐人趕緊去給陳軒送信，一邊做各種後事準備。壽衣、棺木是陳軒早就準備好的，白布、孝衣這些卻要到布莊去訂，還有親戚朋友也都要通知到。

王蓉心疼劉杏花，主動幫著攬了不少事情。饒是如此，在陳老爺子沒有等來陳軒就閉上眼睛的那一刻，劉杏花還是因心緒起伏太大，加上連著好些日子沒休息好，暈厥了過去。

王蓉只能再讓人去請大夫，又安排劉定、平平、安安去安慰、照顧陳晨，別連這個也暈過去。外面客人來了，要有人去接待。好在，陳家雖然人丁單薄，劉家人卻不缺，又有有經驗的金氏、劉老頭坐鎮，倒也還支援得過來。

晚間，劉杏花醒來，看著外面各處已經掛上了白，靈堂也支起來了，客人來了也有人招呼，大大鬆了口氣。

陳老爺子的喪事辦得算是體面，唯一遺憾恐怕就是沒能見到親孫子最後一面。等到陳軒著急忙慌的趕回來，老爺子已經快下葬了。畢竟七月天氣熱，哪怕是王蓉想方設法找了不少冰來，甚至把硝石製冰都弄出來了，停靈也不敢停太久。

老爺子下葬後，陳軒更加忙碌，經常十天半個月見不到人影，劉鐵也是被支使得團團轉，忙得不得了。王蓉心裡清楚外面怕是有什麼大事發生，可是劉鐵不說，劉杏花那邊也打聽不到，她也只能耐住性子等待。

這種情況一直持續到九月。陳軒突然回來了，跟著回來的，還有陳侯已經帶兵打進京城，占了京城的好消息。

「陳侯已經打進京了？」王蓉睜大眼。「這麼說來，亂世就要結束了？」

「快了。」劉鐵笑著點頭。

等京城那邊事情穩下來，陳侯肯定就要宣佈登基了。登了基，這個天下有了新的主人，哪怕一開始可能還會有些紛亂，也會很快平定下來的。

「太好了！」王蓉期盼這一天，期盼的太久了。

誰又不是期盼著呢？劉家其他人聽到這個消息，也都是歡呼雀躍的，金氏甚至已經暢想著等天下太平了要回山凹里了。

「老太太之前也沒這個想法啊？怎麼突然冒出這個想法了？」

「怕是這次家裡來信，說是族長大伯身子骨也不好了的原因吧？」年紀大了，容易物傷其類，之前是陳老爺子，現在又是族長大伯，金氏、劉老頭看多了難免想到自己，加上自古落葉歸根的情結就比較重，想回去看看也是難免的。

雖然現在劉鐵他們幾個都在外面，且個個都發展得還不錯，日子也比以前好了不知多少，可估計金氏、劉老頭他們還是想念老家那片土地，想念家裡的那山那水，還有那些老鄉親。

金氏、劉老頭想要回山凹里的想法，近期自然是沒法成行的。不說天下暫且還未定，就算是定了，幾年甚至十幾年內，匪患也是個大問題。除非著人護送，否則劉鐵兄弟幾個如何放心二老單獨回去？

再者因為陳侯打進京城，陳侯麾下文臣武將都在奏請為陳侯登基做準備，陳軒、劉鐵近來忙得家都少回，金氏、劉老頭也不可能在這樣的關口給兒子找事。只是思鄉的心思越來越深是真的，尤其是在王成成親不足兩月，王老爺子就去了的情況下。

王蓉妯娌幾個有時候說起來也是唏噓的很，今年也不知道怎麼了，老的一個個都去了，弄得她們這些小一輩的心裡都不是很自在。

不過很快，她們就沒時間想這些了，因為陳侯在京城登基稱帝了……

新朝初立，擺在陳侯眼前的卻是個實實在在的爛攤子——天下紛亂、民生凋敝，怎麼把這個爛攤子收拾好，甚至弄個盛世出來，是擺在新皇面前最大的考驗。輕徭薄賦、與民休息是最基本的，可是輕徭薄賦，軍隊打仗的錢從哪兒來？要知道，新皇雖然登基了，可這個天下邊邊角角的好些地方可都還亂著呢，匪患、小的割據勢力可不少，更不用說北方的亂局了。

這樣一來，陳軒一貫堅持的鼓勵商貿的做法就凸顯出了極大的優勢，且他在林州城、落花城短短時間恢復兩地經濟，收上來的商稅幾乎是其他同等州府的兩倍就是最好的範例。

可以說新皇第一時間就想把陳軒調往京城，讓其主持戶部。可落花城這邊要由誰來接手卻是個最大的問題。

這兩年，落花城經濟、民生都不錯，給前線提供了很大的錢糧戰事補給支撐。且短時間內，這個錢糧補給還不能斷，接任的人一個選不好，後續會很麻煩。

為此，新皇想了身邊數人，可都因為各種原因覺得不適合，只能一一劃掉，最後問策於陳軒本人。沒想到陳軒推薦了一個他從沒想過的人。

「劉鐵？你那個內弟？他行嗎？」新皇對劉鐵有些印象，可印象並不很深，只記得陳軒偶爾寫信過來信上會提及幾句說他做事靠譜，但還是對他媳婦印象比較深，不僅弄出了失傳的手弩，還弄出了瘟疫防治十幾策。

「短期內定是無礙。」有這段時間緩衝，相信新皇這邊事情理順了，也能找出合適的人選接任了。

好吧，新皇點點頭，沈吟半晌暫時也確實尋不到合適的人選，那就劉鐵吧。

於是任命就這麼下來了，驚了一眾人，就連劉家自家人也都覺得不可思議。

「四弟竟然成了落花城的知府?!」他們老劉家這是真真的祖墳冒青煙了？竟然有一天出了個四品大員？

王蓉也很吃驚，不過跟著就是擔心：行不行啊？不會出什麼岔子吧？

因為擔心，王蓉連著好幾天都沒睡好覺，這個年都沒過好。

相比王蓉，劉鐵自己卻要淡定的多，他也跟劉家人解釋了，新皇只是一時之間找不到合適的知府人選才讓他暫代，等找到了合適的人，他自然就可以卸下擔子。

只是，新皇的這個人選挑的時間有點長。

年後，劉杏花帶著陳晨進京，新接任的知府沒選好；三、四月春耕時也沒選好，一直到興平初年秋，劉鐵還在落花城知府這個任上待著……

劉鐵寫了幾封信去問陳軒，陳軒只叫他耐心等著，說是皇上還沒騰挪開手。

至於沒有騰挪開手的原因，一個是皇上登基後，幾個割據勢力互相勾連到一起，給剿滅的大軍造成了很大的困難，而北方戰事也比較吃緊；另一個之前為了拿下京城、安撫朝廷，皇上用了不少前朝的遺臣，這些人中的一些人不僅不感念皇上恩德，還為了自身利益，或是抱團跟皇上抗衡，或是投到幾位皇子門下，攛掇著皇子們爭鬥，讓皇上很是惱火。

不過，陳軒也隱晦的跟他透露過應該快了。

果然，十月今年的第一場雪還沒降下來，京城就來信了。

南方兩個割據的大勢力，月前被皇上一舉拿下，其他已經不成氣候。喜訊傳來沒過幾天，皇上在朝廷上就發作了一批人，抄家的抄家、流放的流放，現在整個朝堂空氣都清新了不少。

念著劉鐵這一年將落花城打理的好，錢糧供應及時，又有之前的功勞在，皇上一高興抬抬手直接給了個工部右侍郎，正三品，比現在的知府官職還高……險些沒把劉鐵及包括王蓉在內的劉家眾人給嚇死。

好在，陳軒跟著來了封信，給劉鐵解釋了一下這個工部右侍郎的來源。說來也是巧了，之前皇上發作的一批裡面，好幾個都是工部的，皇上覺得那些人光吃飯不幹事，還喜歡結黨營私，差點把整個工部都給端了。加上王蓉做過手弩，皇上大概是覺得王蓉擅長這方面，估摸是想著劉鐵去工部，王蓉還能在後面給出出主意什麼的，就把劉鐵安排到了工部。

至於為啥是正三品右侍郎，那是因為工部沒有四品，再往下就是正五品郎中，若是把人弄到京城，官職一下子給人降兩級，好像有點不太好，再者之前王蓉瘟疫立的功勞不是還沒賞嗎？所以就給弄成了右侍郎……除此之外，據陳軒說皇上還給賞了個三進的院子，就在他們隔壁。

看完陳軒的解釋，劉家人雖然覺得皇上似乎有點兒戲，到底提著的心是放下了。接下來要做的就是靜候新知府上任，然後交接完上京了。

在這期間，王蓉跑了幾趟王家。

王家因為到落花城晚，所以王栓現在是跟在劉鐵身邊做事的，這次劉鐵上京，王栓肯定也是要跟著去，得先打好招呼，該準備的都要準備起來，免得到時候忙亂。

只是這天到了王家，王蓉明顯感覺到一絲不太和諧。「娘，怎麼了？」

劉氏苦笑著搖搖頭，拉著王蓉去了自己的房間。「妳嫂子鬧上了。」

「嫂子？」陳月？「她鬧什麼？」

「還能鬧什麼？心裡不平唄！」當初陳、王、劉三家換親，三家家境相當，陳老爺子考慮著王家人口簡單事兒少，劉氏通情達理，兩家又有一起逃難的交情，才特意給她選了王家，王蓉順勢嫁到了劉家。

後來，天下大亂，陳軒出來跟著陳侯做事，一步步高升，劉鐵第一批出來跟在陳軒身邊也是越走越遠，如今更是得了正三品大員的高位……相比之下，王栓可以說是一步晚、步步晚，現在不說劉鐵，就連劉鐵的幾個兄弟都不如。同樣是姻親，她還是陳軒的親妹妹，按理比劉家那邊更親近，可她的丈夫卻只能屈居劉鐵之下，她的身分跟王蓉如今的身分更是天差地別，她如何能甘心？

可是事情不這麼算的，當初誰都沒想到陳軒或者說皇上會走到這一步，陳軒一開始寫信回去沒有叫上王栓也是為了陳月著想，畢竟那會兒她還沒懷上孩子，王栓又是獨子，那會兒劉鐵他們離開時，她自己不也還慶幸過她哥沒叫上王栓，若是她真有心，難道陳軒還能拒絕王栓不成？現在這樣，她又來後悔？

可是，這些話，劉氏沒法跟陳月直白的說，陳月自己又鑽進了死胡同，因此自從劉鐵工部右侍郎的任命下來，王家的氣氛便很有些古怪。

「要不，我去跟嫂子說說？」

劉氏搖頭。「妳怎麼跟她說？妳去說道，她還以為妳是去跟她炫耀呢！她心思已經偏了……現在看著成子媳婦出門忙生意上的事兒，都開始陰陽怪氣的了，好在成子媳婦不跟她計較。」

說起兒媳婦，劉氏現在也是頭大。「前些日子，她好像還單獨給京城去信了，回信我沒看到，是孩子看到跟我說的，說是他舅舅把他娘給訓了……說的話有點狠，說是讓她想去就去，要是覺得丟人不想去不去也行，不過兩個孩子要讓你們帶過去，到時候他來教養，免得她給教壞了。」

「那娘看呢？嫂子她會去嗎？」

「去肯定是會去的，我們都去，她一個人不去，難道自己留這兒？還是讓栓子也不去？她還不至於那麼糊塗，只是我怕到了京城她再弄出什麼么蛾子來。」

「這個到時候再說。」沒發生的事情，在這胡思亂想也沒什麼意思，倒是二房那邊。「弟妹是怎麼考慮的？她娘家幾個弟弟還小，怕是走不開吧？」

「我聽妳二嬸提了一句，好像說是要把產業都賣掉，到京城再行置辦。」

王蓉笑著點點頭，她這個弟妹倒是個有魄力的。

抬頭見劉氏眉頭還蹙著，估計還在煩惱陳月的事，王蓉笑著伸手將劉氏眉心的褶皺撫平。「娘，兒孫自有兒孫福，嫂子若是實在想不開，我們也沒辦法，您只教好兩個小的就是了，至於嫂子那裡，就交給大哥吧，您就別跟著操心了。您也別因為我在中間為難。」

陳月如此，易地而處，王蓉也不是不能理解。上輩子這種心態失衡的情況她也見過很多，她倒是想去勸勸，可她自己就是當事人，她出面就像她娘說的那樣，有站著說話不腰疼的嫌疑，效果肯定不是很好。

從王家回來，王蓉心情難免受這事影響，一連幾天都不太暢快。

劉鐵見了一番旁敲側擊，很快就知道了事情始末。

男人解決問題的方法跟女人不同，劉鐵直接找上了王栓、王成，三個男人在外面喝了一通宵酒……

劉鐵回來後也沒細說他們都說了什麼，只說事情已經解決了。

王蓉詫異得不得了。

不過，落花城新接任的知府已經到了，他們眼看就要啟程，王蓉也沒時間再往王家跑，因此也不知真假。

等一行人上了路，路上劉章水土不服，略微有些發燒，她一心照顧孩子就更沒有心力管這些。

直等到一行人到了京城安置下來，劉鐵進宮面了聖，領了差事，她才有時間回娘家一趟。

陳月依然對她不算很熱情，卻也勉強給了個笑臉，沒甩臉子。兩人簡單寒暄兩句，陳月就藉口還有事情要處理走了。

劉氏怕閨女傷心，忙安慰。「她就這樣，妳別在意。」其實現在已經比之前好多了。之前見天在她跟前抱怨，說是她閨女搶了她的榮華富貴，現在好歹這些話是不說了。

王蓉搖搖頭，她回來也不是看嫂子的，主要是陪陪爹娘，盡盡孝心。「爹呢？」

「妳爹去陳家了，兩個孩子到京城就被他們舅舅接過去了，一直沒叫回來，妳爹實在想孩子，這幾天都是一大早爬起來吃完早飯，就去陳家，這會兒估摸著也該回來了。」

果然，劉氏話音剛落，王蓉就聽到了王大富的腳步聲。

「蓉兒回來了？」

「爹？」有些日子沒見，王蓉也想她爹了，忙迎出來。

王大富見到閨女也很開心，樂呵呵的問起閨女好不好？然後又道兩個外孫怎麼沒有帶過來？

「爹，他們念書呢。」劉定不用說，雖然還是個小小少年，這些年書卻已經讀了不少了，看金谷先生的意思應該是這兩年就準備讓他下場去考考童生試，因此最近正抓得緊，等閒都不讓請假。

劉章倒是還小，卻也已經正式入學開始讀書了，小娃娃正在興頭上，讓他請假他是萬般不願意的。

「回頭等他們都休沐了，女兒再帶他們過來看爹。」

「好好好，那妳們娘倆說話，我去給閨女買兩條魚，再去買塊豆腐，我知道一個賣魚的地方，賣的魚特別新鮮。」

說完，也不等王蓉、劉氏說什麼，已經嘴裡愉快的哼著不知名的小調溜溜達達的離開了。

劉氏、王蓉見了笑著直搖頭。

在娘家吃完飯，家裡還有其他事，王蓉也沒在娘家多待就回來了，到家後正好牙行的付婆子帶著幾十個男女老少上門來讓她挑。

之前在落花城，家裡地方不大，只福大娘跟瓦頭兩個也忙得過來。現在家裡三進的大宅子，劉鐵也一躍成為三品大員，再只有福大娘跟瓦頭人手就不夠了。買人是勢在必行。

為此，王蓉還特意去找劉杏花取了取經，請教了一下買人的學問，又跟劉鐵商量了一番。這會兒倒也不怵，雍容的坐在椅子上，手裡端著福大娘端過來的茶，慢條斯理的打量下面的人。

付婆子這次帶過來的人有二十多個，按家庭來分，一共五家人。

人數最多的是呂家，一共六口人，呂大、呂大婆娘，並他們的兒子呂順兩口子，十歲大的大孫女么兒，六歲的大孫子福兒。

人數最少的是劉家，只劉大壯兩口子帶著他們八歲的兒子興兒。

王蓉打量一番，又細細看了看幾家人的手腳，問了問他們都擅長什麼，最後留下了三家。呂家、劉家，還有一個媳婦擅長灶上活計，男人腿腳雖然有點瘸，卻讀過書能寫會算，三個孩子看著也機靈的尤家。

人買下來，根據每個人的擅長特點安置到合適的崗位上，又給訓了話，時間已經到了下半晌。

劉鐵、劉定他們回來，第一時間就感受到了不同。嗯，家裡多了不少人，倒是有生氣了不少。

晚飯是尤家娘子做的，確實手藝不俗，雖然擺盤什麼的也就一般，但口味不錯，一家人吃得都很開心。

吃完飯，一家人湊在一起說話消食，說著說著就說到了劉家其他幾房身上。

大房劉金、張氏這次是跟著進京的，劉金因為之前在落花城有些資歷現在身上也有個官身，雖然不高，在外人看來不入流，但劉金自己挺滿足的。唯一美中不足就是兒子、兒媳離得太遠，現在狗蛋還在林州城。

聽大房的意思是想讓狗蛋到京城來，只是來了之後怎麼辦，做什麼？還沒考慮好。

二房現在是一家子都在林州城扎了根，劉銀在農事上肯鑽研，也不怕吃苦，頗得現在的上官看重。只是山子似乎對自己現在的處境不是很滿意，前些日子來信，說是想到京城來找點事做。

劉鐵回信同意了，只是叫他安排好家裡，畢竟才成親幾個月。

三房這次也上京了，情況跟大房差不多，唯一不同就是安安，安安現在還小，讀書卻讀不進去，也不是讀書的料子，劉銅、汪氏似乎是想讓安安好好學算帳，將來不管是做帳房還是自己做生意，總有個謀生手段，因此正在給安安找先生。

對此，劉鐵沒說什麼，但似乎心裡有別的想法，王蓉估摸著他應該是想辦法要把安安塞進戶部。

五房，自從當年林氏難產，劉錫就變了很多，現在對身外之物並不十分追求，只求家人一處和和美美，因此，每次寫信來都是樣樣都好。對雙胞胎也不狠心管束，只求孩子大面上沒問題，活得開心……也不知道是好事還是壞事。

不過提到山子，王蓉倒想到一個不錯的主意。劉鐵現在身邊不是正缺個跑腿的？

# 第三十八章

「不然就叫山子先跟著你，也學個眉高眼低，長長見識。」

劉鐵沒一下子答應。「等他來了，我問問，再決定不遲，還有狗蛋那邊下次大嫂再說起，妳也問問，狗蛋自己可有什麼想法？我這邊先不著急，定兒身邊有瓦頭，也暫時不用添人。」

劉定附和著點頭，他確實不需要添人。

「章兒那邊你多上點兒心，近些日子好好觀察觀察，看看有沒有合適的，給章兒身邊安排個小廝或者書童。他一個人去念書，身邊也沒熟悉的人，有個人跟著家裡也放心。」

王蓉點點頭。「放心吧，我心裡有數呢。」她並不急著定，也是想著人才買回來，還得觀察觀察品性才好往孩子身邊放。

說了會兒話，夜也深了，明天都還有事，一家人各自回房休息。

第二天又有吉昌繡莊的女掌櫃登門送來布料的樣品，以及京城時興的樣子給王蓉選看，定下衣料款式，又是半天過去了。

王蓉揉揉肩，小小的伸展了下腰肢。

之前沒覺得，現在才知道，原來做一個真正的官家夫人這麼累，就這一上午的功夫，她已經收到三家宴會的帖子了……雖然不一定都得去，可總得去那麼一、兩家吧？這樣一來，衣裳首飾的準備，又得一番忙碌。另外哪家去、哪家不去，她也得斟酌一番，不能平白無故的得罪人。

「愁啥呢？看妳愁眉不展的？」

「二姐，妳怎麼來了？快進來，怎麼也不提前說一聲，我好去前面接妳。」

劉杏花突然進來，王蓉驚訝之餘就是驚喜，她正愁這帖子怎麼回呢，劉杏花就來了，實在太好了。

「妳初來，我怕妳不太適應，過來看看。另一個，是皇后娘娘的壽辰快到了，我怕妳不知道日子，更不知道怎麼準備，過來提醒妳一下。」

「皇后娘娘的壽辰？什麼時候？」她是真不知道。

「就在下個月二十二。」她當初剛來時也不清楚，還是陳軒提醒她的。

「那要準備什麼樣的禮呢？」她可是一點經驗都沒有啊。再一個她家窮，貴的她也拿不出來啊！

「我給妳帶了去年的禮單，妳照著這個減兩分準備就好。若還有不懂的再來問我。」

不必等了，還是現在就問清楚的好，免得跑來跑去的麻煩。因此，王蓉當即接過禮單大概掃了一眼一條條問起來，比如這禮單有沒有什麼忌諱、皇后娘娘的喜好等等。

劉杏花也知無不言言無不盡，能說的都說給王蓉聽。

「皇后娘娘是大家貴女，出身顯赫，什麼好東西沒見過，咱們只本著不出錯就行。」

王蓉連連點頭，不出錯已經很好了。「那回頭我們要進宮赴宴嗎？」

「那是自然，不過妳也不用擔心，到時候跟著我一起。禮儀方面，妳讓老四給妳找個宮裡出來的嬤嬤，要實在找不到，到時候我過來教妳。」

皇室禮儀繁瑣，像她們這種出身下層的，要學的東西很多。

王蓉自認為自己學習能力算是很不錯的，然在學習時，還是被嬤嬤抽了好幾個手板，更是打了好幾個碗，才算過關。

原以為嬤嬤太過嚴苛，等二十二這天跟著劉杏花進了宮，看到真正的貴女一套禮儀做下來真的是行雲流水、賞心悅目，另一邊有跟她一樣底層出身的夫人因為禮行得不到位被指指點點，王蓉才知曉輕重。

「現在知道了吧？」

王蓉點點頭，她之前還跟劉杏花抱怨來著，實在太不應該了。

宴席其間，皇上也過來了，還特意將王蓉叫到跟前親切的問了幾句話，雖然都是無傷大雅的小事兒，卻還是叫王蓉在眾人面前很出了一番風頭。

因為到京時間短，也沒來得及參加太多賞花宴什麼，王蓉之前在京城交際圈名聲不顯，這一遭之後不少一品、二品甚至超品的夫人都上來套近乎。

知道她就是新上任的正三品工部右侍郎夫人，都詫異得很，畢竟她們收到的情報，新上任的工部右侍郎除了是戶部尚書陳大人的內弟外，並沒有什麼太大的功績與能耐，根本沒想到皇上日理萬機，竟然會記得一個三品工部右侍郎……

三品在下面的人眼裡確實是很大的官，可能是很多人一輩子都難以企及的高度，可是在這個御花園裡，能夠站在這裡的哪個身分低？若要按身分高低排一下，估計王蓉得排到最後面去。偏偏那麼多超品、一品的夫人皇上不找，只單單叫了她上前說話，她們可不得嘀咕嘀咕打探一番？

皇后生辰之後，王蓉的社交圈一下子擴展了好多，收帖子收到手軟，之前收的帖子還多是劉鐵工部的同僚夫人遞過來的，這次就啥身分都有了，什麼國公夫人、侯夫人、將軍夫人，甚至還有公主也來湊熱鬧……個個都比王蓉這個三品誥命身分高，想推都沒法推。

尤其是養在皇后身邊的七公主，也不知道王蓉怎麼就入了她的眼，不僅單獨給王蓉下了好幾次帖子，請她到宮裡去玩，還曾經出宮跑到王蓉家裡做客，對王蓉親切得不行，看到劉定、劉章也是外甥、外甥叫的歡。明明劉定就跟她差不多年紀。

無奈參加幾次宴會之後，王蓉倒也認識了幾個趣味相投的夫人，可還是覺得累。這天甚至在國公府的太夫人生辰宴上差點暈過去，幸好旁邊的黃夫人扶了她一下。

「沒事兒吧？」

王蓉笑著搖搖頭，但黃夫人不放心，還是尋了府裡的女醫過來給王蓉把了個脈，沒想到竟然是滑脈，而且已經兩個多月了。

「你們兩口子這心也太大了，懷孕兩個多月了竟然都不知道。」

王蓉是真不清楚，這幾個月她忙著適應京城的生活，忙著應付各種宴會，根本分身乏術。這段時間確實感覺身體有些疲憊，但她跟劉鐵都只以為是累到了，根本沒往懷孕這種事情上想。

現在乍一聽聞自己有了身孕，王蓉心中是滿滿的驚喜，除了對新生命的期待和渴望。還有很現實的，她懷孕了就可以不用出來參加那麼多的宴會了。從這個角度來說，這個孩子真是她的小福星，來的太是時候、太貼心了。

下半晌，劉鐵過來接王蓉，得知王蓉已經懷孕兩個多月的消息也是又驚又喜。

王蓉生下劉章已經有好幾年了，這其間兩人也沒有做任何避孕措施，可一直都沒有懷上。劉鐵都以為這輩子他就兩個兒子了，沒想到時隔多年竟然又給了他一個這麼大的驚喜。

劉家其他人的反應跟劉鐵差不多，反應最激烈的是劉章。這幾年劉家一直沒有新生兒出生，五房的雙胞胎雖然比他小，卻不在一起。他想當個好哥哥都沒有機會。現在王蓉懷孕了，幾個月後就會有一個白白嫩嫩的弟弟或者妹妹，劉章興奮得不得了。

養胎的日子其實很無聊，因為這個也不好幹、那個也不好幹。可是有了前一陣子忙到腿抽筋的對比，現在這種每天想吃就吃、想睡就睡的生活反而成了王蓉嚮往的快樂日子。

哪怕時不時要被孕吐折磨，王蓉也不懼。

時間很快就滑到了年底，按禮制，除夕夜誥命夫人需要進宮領宴。據劉杏花說宴會上的吃食都是涼的，還要在外面凍好久，一次領宴回來身體都僵了。王蓉聽著都害怕。

劉鐵也怕王蓉這一胎出什麼意外，早早的就給宮裡上了摺子請求免了王蓉這個孕婦領宴。宮裡自然是準了。卻沒想到這一遭竟是救了王蓉母子的性命。

因為大年三十，宮裡除夕宴上，發生了一件駭人聽聞的慘事——三皇子帶兵逼宮，事敗，砍死砍傷眾多女眷。

據說當時現場非常慘烈。三皇子一開始是為了拿捏眾朝臣，才讓人第一時間控制了女眷這邊。結果外殿那邊進行得不順利，叫人提前發現了蛛絲馬跡，報給了皇上、太子，有了準備。

最終外殿還好，只是傷了幾個朝臣，皇上太子毫髮無損。只苦了以皇后、太子妃為首的眾女眷……皇后、太子妃哪怕是有眾多宮人護著也都受了傷，劉杏花為了保護七公主，被砍傷了一條胳膊。

「可是為什麼呢？三皇子為什麼要這時候逼宮？」按照正常的思維，三皇子要逼宮，也應該等當今皇上身體不行的時候再做。為什麼要這樣貿貿然的行動？如此輕易的就被人發現了手腳，很明顯準備不足呀。

劉鐵搖搖頭，這些都是宮中秘聞他們如何能知曉？

「不過據傳，三皇子的生母早年是被皇后娘娘害死的。至於為什麼突然發難……」

自然是因為當今的身體其實沒有外界想像的那麼好。外人看著皇上身體很健朗，還能活個十幾二十年的樣子，其實多年征戰下來，內裡早已敗壞不堪。

前些日子皇上就已經昏厥過去一次，只是瞞得緊，外面都不知道。

而一旦皇上去了，唯一手裡有兵權、有人脈的三皇子，必然是太子的眼中釘、肉中刺，不拔除不得心安。再加上上一輩的恩怨，三皇子的下場幾乎可以想見。所以三皇子做出這樣的決定並非沒有理由。

「再者，若非姐夫無意中撞見，說不定三皇子就成功了。」

「姐夫撞見的？」

劉鐵點點頭，這也是天意吧。「說起來還跟妳有點關係。妳上次不是跟二姐說想吃酸的？二姐家裡有個婆子很擅長做酸糕，二姐這次就帶了一些，想著讓我回頭帶回去。讓姐夫跟我說一聲，回頭宴會結束了別急著走……」

哪想到，陳軒去時沒看到劉鐵，正好那會兒宴席還沒開始，陳軒就附近隨便逛逛找了找。然後就讓他看到一個護衛在跟一個小太監耳語。

一開始陳軒其實也沒太在意。可他後來又見那護衛匆匆忙忙從他身邊走過，那護衛手裡攥了塊玉牌，玉牌攥在手裡陳軒沒看到，但是那上面垂下來的穗子他認識，是皇上還沒登基前經常隨身帶的，並沒有聽說賞了人。陳軒這才上了心，旁敲側擊的將這件事透露給皇上身邊的大總管……

「難怪。」難怪皇上處理這件事情的時候，會讓陳軒一個八竿子打不著的戶部尚書協助刑部、大理寺，原來他就身處其中……

「那三皇子餘黨若是知道了會不會對姐夫不利啊？」
「放心吧！這事涉及皇家醜聞，那位不會讓人知道的。」劉鐵指了指天。
「那就好。」
三皇子逼宮事件影響非常大。事後查出被牽扯到的官員兩隻手掌都不夠數的，轟動朝堂。
因為事涉謀逆逼宮，為了殺一儆百，以儆後人，只要查出來證據確鑿的就免不了全家問斬的結局。
連著好些日子，王蓉去陳家看劉杏花都不敢往外看，深怕看到人頭滾滾，血糊滿地……空氣中都瀰漫著濃重的血腥味，街面上鴉雀無聲。陰沈的天空下，京城恍如末世。
二月，一場紛紛揚揚的大雪突然飄落京城，完美的蓋住了被血染紅的土地，蕩滌了空氣中的血腥氣。
大雪過後，皇上賜死了三皇子，將三皇子的兒女貶為庶民，攆出京城，朝堂上，歷時兩個多月，總算漸漸走出了三皇子事件的陰霾。
只是還不等眾人好好喘口氣，皇上又病倒了。之前數年征戰留下的暗傷，被三皇子事件這麼一激，徹底爆發，一下子就病倒了……

與此同時，王蓉也不知道是不是受了接連不斷事情的刺激，竟然毫無預兆的早產了。好在，小閨女是個心疼人的，不僅自己長得結實，一點都不像早產的孩子，還只叫她疼了兩個時辰就呱呱墜地了。

「妹妹，妹妹。」

皺巴巴、紅通通的小猴子才一落地，劉章就急急的跑了過來要第一個看妹妹。

雖然妹妹看著紅通通的有點小有點醜，劉章有點小失望，卻也沒嫌棄，還是一聲聲的妹妹叫著，一有空就往後院跑。

宮裡，七公主聽說王蓉早產生了個女兒，還叫人送了個上好的羊脂白玉佛手來……

「這會不會太貴重了？」這羊脂白玉一看就是好東西。七公主還小，王蓉總覺得收一個小孩子這麼好的東西，有點不太好，有點哄騙人的感覺。

劉鐵好笑的搖頭。「收著吧，這種東西宮裡多著呢。」

他們當成好東西，在七公主看來也就是普通玩意。「妳要是實在覺得過意不去，以後七公主再過來，咱們對七公主好些。」

王蓉點點頭。「也不知道宮裡現在怎麼樣了？皇后娘娘傷還沒好全，現在聖上又病了，宮裡人心惶惶的，恐怕沒人顧得上七公主……」

劉鐵贊同點頭，不過跟七公主相比，他更擔心皇上。

新朝初立才兩年，如果這個時候皇上薨逝一定會朝野震盪。之前那些被打壓下去的勢力說不定又會冒出來興風作浪。剛剛一統的天下不知道又會升起幾番波折？嚴重一點的，說不定整個天下再度陷入混戰都有可能。所以從內心裡，劉鐵是絕對不希望皇上在這個時候出什麼事情的。

宮裡亦然，太子跟皇后娘娘心裡都很清楚現在沒有皇上，他們還坐不穩這個天下。因此各地的好大夫一個個被召進皇宮。

乾清宮，皇上的居所。皇后娘娘已經連著守了幾天幾夜。太子因為要關注前朝監理國事，不能一直守著，卻也是但凡有時間都在這邊。可惜自從上次昏厥過去，皇上一直都沒有醒。

太醫換了一個又一個，湯藥灌進去一碗又一碗，卻一點用都沒有。

「廢物全都是廢物！」太子氣急敗壞的衝跪在下面的太醫發火。若非顧及著不吉利，他恨不得把這些沒用的太醫都拖出去砍了。

「太子。」皇后皺著眉捏了捏緊鎖的眉頭，揮揮手叫眾太醫都下去，這才道：「你是太子，這時候你更應該穩住。你這樣氣急敗壞的能解決什麼問題？你父皇他能夠醒過來自然最好，萬一他真的醒不過來，你難道就打算用這樣的態度去對待朝臣？」

「母后，我……」

皇后擺擺手並不願意多聽太子說什麼。「你先下去吧。這段時間，你也累了，回去好好休息休息。好好想想我剛剛說的話。」

攆走了太子，皇后走到床前，注視著病榻上的皇上不知道在想些什麼，好久都沒動靜。

旁邊候著的幾個心腹宮女互相對視一眼，也沒敢吱聲。

不知道過了多久，皇后只覺站得兩條腿都僵了，才回過神來，招呼宮女把她扶到旁邊的椅子上坐下。「今天朝堂上情況如何？」

「一切都很正常，沒有什麼大事兒。」估摸著是被前一段時間三皇子事件皇家表現出來的狠絕給嚇到了，現在朝堂上文武百官都老實得很，根本不敢挑事。

皇后娘娘點點頭。「陳尚書、顧太傅、楊侯爺都還在宮裡嗎？」

「在的。」

「去請過來。」

「是。」

宮女答應一聲，小碎步倒退出去吩咐一聲，立馬有小太監快步跑去叫人。

三人都在宮裡，來得很快。

皇后也不拐彎抹角，直奔主題。「如今，皇上這樣，能否醒來還是未知數，北疆南面都不太平，又有三皇子之事在前，本宮怕餘孽乘機興風作浪再鬧得天下不安寧……」

「依娘娘的意思？」

「我的意思是直接讓太子即日登基以安天下人之心。只皇兒那邊，我也知曉，尚且需要歷練打磨，故懇請三位多加教導。」

這話，皇后娘娘雖然是對三個人說的，其實更多是對陳軒說的，畢竟剩下兩個，一個是太子的老師，一個是太子的外祖父，無論如何太子登基，他們都是最大的既得利益者，自然也會全心全力輔佐太子。陳軒則不然，他是皇上的心腹，故皇上的諸多心腹臣子那邊需要他去平衡安撫。

陳軒心裡也很明白這一點，不過他是個公正的人，雖然是皇上心腹，卻也心繫百姓。以目前的情況來看，讓太子登基確實是最好的安定天下的辦法，因此陳軒雖然也顧及到後續可能出現的、對他不利的後果卻還是點了頭，並立即就開始了行動——憑著三寸不爛之舌，遊說文武百官，平衡皇上心腹朝臣。

期間早出晚歸，多日不得歸家。

劉鐵身在朝堂，這些年也歷練了出來，很快就察覺出什麼，找上門來。「姐夫，你，都想好了？」

陳軒點頭，知曉劉鐵擔心他姐和陳晨，便又接著道：「放心吧，不管皇上能不能醒過來，皇上跟太子都不會對晨兒跟你姐怎麼樣的。」相反還會更加優待，畢竟他如此行事，完全是出於公心，為陳家天下，為天下的百姓著想。不然他完全可以當做聽不懂，抑或是表現出一片對皇上的忠心，不接受讓太子登基的主意，皇后娘娘跟太子也不能把他怎麼樣。

「可是你……」

「我？」陳軒笑著搖搖頭。「我身體不好是眾所周知的，之前天下初定，一切都還亂著，自然只能勉力撐著，待太子登基一切歸於秩序，我也就可以請辭了。」

說實在的，他還挺懷念之前在山凹里那種平平淡淡的生活的。

「行吧，你一切都想好了就行。」

# 第三十九章

六月初一，大吉。

在陳軒的全力奔走之下，眾臣終於達成一致，在這一天見證太子登基。

而與此同時，因為京城動作夠快，四處原本蠢蠢欲動的幾批勢力再次歸於平靜。

轉眼，兩年過去。

這兩年，王蓉身邊發生了很多事，首當其衝的就是陳軒請辭戶部尚書被新皇批准轉眼又奉為敬國公的事。

其次太子登基大半年後，在各方大夫的不懈努力下，太上皇終於醒了。只是因為長期植物人似的臥床，雖然一直有宮女太監照顧，按摩、餵以流食，身體還是不可抑制的瘦成了一把骨頭，下床走路都艱難。

在得知太子在陳軒的幫助下，已經登基為帝，北疆、南邊都在太子跟朝臣的努力下穩定下來後，陳軒也辭了戶部尚書之位後，太上皇欣慰之餘，將陳軒叫進宮見了一面。君臣二人說了什麼沒人知道，只是第二天剛剛參加完童生試得了秀才功名的陳晨、劉定表兄弟兩個就被皇上召進宮成了太子的伴讀。

兒子成為太子伴讀，王蓉並沒有很欣喜。

說句實在的，她可能是上輩子受一些小說之類的文學作品荼毒，打內心裡，她總覺得皇權是個很可怕的東西。兒子簡簡單單考個科舉，要是將來能考上進士就勤勤懇懇做個官，考不上就做個差不多富裕的富家翁，有陳軒罩著也滿好的，要去宮裡做伴讀，在別人看來風光無限，在王蓉看來卻是危險得很。

可是太上皇已經發話了，她不好拒絕。

好在，小太子似乎不是很難伺候，現在也還小……因著陳軒的關係，宮裡對陳晨、劉定兩個也還有些面子情，還算照顧。

再一個，太上皇也不知道怎麼想的，竟然把小太子叫到自己跟前教導，每天雖然精力多有不繼，依然會堅持讓小太子給他匯報一天的學習成果，偶爾精神好了，還會給小太子、陳晨、劉定他們講他當初打天下時候的故事。

「娘，之前我們還沒到林州之前，家裡的日子是不是很不好過？」

「怎麼突然想起來問這個？」

王蓉牽著使勁把她往外面拽，要去外頭看花花的小閨女，轉頭問大兒子。

「太上皇他老人家說的，他說前朝末年吏治敗壞，加上天災，餓死了很多人，就算是現在外面還有很多人都吃不飽飯、沒有衣服穿……我就想問問，是不是真的這樣？你們以前在老家能吃飽飯嗎？」

「在山凹里還好，雖然日子也不寬裕，吃頓肉、做身新衣服都要精打細算，但吃飽飯還是沒問題的。」

劉定點頭。「太上皇說過幾天他會讓人帶我們去外面走走。」去了解了解民生疾苦，看看普通百姓是怎麼過日子的。

王蓉只問了問要不要帶什麼東西，也沒太放在心上。

等到了那一天，見劉定特意換了一身麻布灰衣，這才上了心。「怎麼穿成這樣？」

「是我的意思。」

王蓉這才注意到劉鐵也換了身褚色的麻布衣服。「太上皇讓你帶他們去？」

劉鐵搖頭。「我是出城去視察河工，我也不清楚太上皇會讓人帶他們去哪兒，不過既然是體驗民生，穿這樣就挺好。」

劉定附和著點頭，他也覺得挺好的，雖然他是第一次穿這麼粗糙的布料，覺得這料子有點扎人。

用完早飯，父子倆一起出門，劉鐵直接出城去河堤那邊，劉定則先去敬國公府跟陳晨會合，然後兩個人一起進宮……

現在是四月底，今年的春耕剛剛結束，工部要趕在五月汛期來臨之前將河道疏通，河堤加固都完成，工期很緊。

劉鐵一到河堤上就投入了緊張的工作中，這一忙就是一上午，好不容易得個空，已經過了午時了，一陣餓意襲來，劉鐵趕忙從懷裡掏出王蓉特意給他準備的肉餅急急往嘴裡塞。

劉定就是在這時候跟太子、陳晨一起跟在工部尚書柳大人身後到了河堤上。

河堤上到處都是忙忙碌碌的人，大部分穿著都破破爛爛的，很多連雙草鞋都是爛到露出腳趾的。可大家精神面貌卻不錯，劉定好奇的抽空拉了個人問了問，原來他們在這裡做工，還有錢可以領。

「一天有六個銅板呢，可以買一斤多糙米了，中午還提供熱湯！」

雖然在劉定幾個看來這幾個銅板、一碗肉湯，微乎其微，這些人卻都很知足。

「殿下？殿下？」

柳尚書回過頭來叫太子，卻見太子正盯著河堤上兩個孩子出神。兩個孩子個子還沒有劉定他們高，看著也瘦，腳上踩著一雙爛草鞋，渾身黑不溜秋的，幹活卻很賣力，那一抬泥土壓在肩上，幾乎將兩個孩子壓得直不起腰來，可兩人還在咬牙堅持著。只是到了一處陡坡的地方，實在抬不動了，兩人只能一點點往上面艱難的挪……

「殿下？」

太子突然抬腳往那邊走，上前幫兩個孩子一起抬。兩個孩子一開始愣了下，後面卻也沒多想，畢竟河堤上這種事情並不少見。之前他們也收到過別人善意的幫助，他們沒什麼能報答，也只能心存感激的接受，並禮貌的道謝。

幫著兩個孩子上了一處陡坡，後面兩個孩子不需要幫了，太子直接自己去找了一副擔子，也要跟著其他人一樣去弄泥土。柳尚書哪敢讓太子殿下真的幹活？趕緊來勸，太子殿下卻十分執拗，非要跟著一起幹活。「我們來這的目的不就是體驗嗎？不自己幹一場，怎麼能真正體會民生艱辛？」說著，撇開柳尚書就往邊上去了。

人來人往的柳尚書也不好多勸，只能給劉定、陳晨兩個使眼色，讓兩人勸勸。

劉定搖頭，太子殿下的脾氣就那樣，咋勸？再說了，不就幹點活嗎？有啥大驚小怪的？他去幫太子一起。

劉定、陳晨去幫忙，柳尚書氣得袖子一揮，去找劉鐵了。

「大人？」

「你快跟我來。」柳尚書不由分說就把劉鐵往太子三人跟前拉。「快勸勸他們。」

「勸什麼？」好吧，到了跟前看到兒子跟太子抬土，劉鐵知道是怎麼回事了。

劉鐵先上前簡單行了個禮，太子擺擺手。「劉大人你也不用勸了，我意已決，你該做什麼做什麼去吧。」

太子把劉鐵的話頭都堵死了，他還能怎麼辦？只能給兒子、外甥使眼色，叫他們照顧著點別讓太子累狠了唄。

劉鐵原本對劉定、陳晨做事挺放心的，這事之後才知道他還是放心得太早了，回去後，太子不僅手上磨了好幾個血泡，肩膀也又紅又紫腫得老高。

把身邊一眾伺候的，包括宮裡皇后、太后心疼得直掉眼淚。雖然是太上皇有言在先，而且劉定、陳晨他們自己傷得更狠，太子也跟著求情，劉定、陳晨還是被賞了五個板子。實打實的五個板子，兩孩子屁股都被打得開花了。

王蓉心疼得直抽氣，心裡把宮裡上下咒罵了個遍，恨不能殺到宮裡把那些人大卸八塊。

「好了好了，別氣了，被打一頓也好……」

「哪兒好？有你這麼當爹的嘛！兒子被打成這樣，你不心疼也就罷了，還這麼說……」王蓉第一次被劉鐵摟在懷裡直掉眼淚。

「打了這一次，他以後就知道太子跟他們是不一樣的。」有敬畏之心。「以後做事才能時刻謹記君臣本分，才不會出格。」

而太子那邊，有了這一次，也應該很清楚，雖然他是太子，卻也不是他想做什麼就能做什麼，他一個做的不對，一個任性，身邊人就會因為他倒霉，以後才不敢太任性，知道聽勸。

宮裡之所以要打陳晨、劉定而且打得這麼狠，也確實是這麼想的，他們希望透過這件事，太子不僅能知道民生多艱，還要知道，作為君主，一個上位之人做事也不能太任性……只是苦了陳晨、劉定兩個。

人都是要成長的，劉定打小聽話懂事，在此之前，別說王蓉，就是劉鐵也沒對劉定動過一根手指頭，就更不用說這麼重的受傷經歷了，因此劉定剛被打板子時是有點懵的。等板子落到身上，劇烈的疼痛席捲全身，要說丁點不怨不恨那也是不可能的……

劉定現在的年紀正值青春期，正是思想兩極化比較嚴重，非常容易走極端的年紀，因此王蓉難免在這一方面多花些時間。

於是接下來很長一段時間，劉家人發現王蓉竟然開始讀起了史書，而且有事沒事就會去找劉定聊天。

一開始劉定屁股、大腿上傷著，趴在床上不能動，又因為害羞不願意讓王蓉替他上藥，王蓉就主動熬藥，做劉定愛吃的點心、飯菜，帶著弟弟妹妹去關心劉定，還給劉定以講故事的形式說一些歷史上的君臣之事。

後來劉定傷好些了，能夠顫顫巍巍的起身了，王蓉除了講故事還會旁敲側擊的問劉定對這次被打板子事件的看法。加上劉鐵時不時給他分析朝堂，分析太上皇、當今聖上以及太子的心裡想法，分析他哪裡做的不好，該如何行事更為妥當，劉定之前的怨恨其實已經散得差不多了。不過就像劉鐵之前跟王蓉說的那樣，這頓板子他並沒有白挨，最起碼把他之前很多僥倖的理想想法都給打回了現實，這對他一生的成長而言其實並不是什麼壞事。

傷好後，劉定、陳晨再次進宮給太子伴讀，不管是出於本心的愧疚，還是從長輩那裡學來的手段，太子都給了二人非常豐厚的物質補償。

只是這時候劉定、陳晨的心態早已經變了。雖然面上接的誠惶誠恐，內裡卻是對這件事非常理智的思考。待回到家，兩人面上的喜悅立刻就落了下來。

對此，陳軒、劉鐵都很欣慰，也對兩個孩子越發的放心。

翌日，宮裡太后、皇后娘娘辦賞花宴給太上皇尚未娶妻、出嫁的皇子、公主挑選合適的皇子妃、駙馬。王蓉、劉杏花竟也收到了邀請。

陳軒請辭戶部尚書後，賦閒在家，作為敬國公，雖然偶爾需要上朝，卻不負責什麼實職，能陪劉杏花的時間自然就多了。陳軒雖然不懂浪漫，一些生活格調還是有的，兩口子有事沒事結伴出遊，興致來了還會做首詩、畫個畫，甚至手把手教劉杏花寫字……

因為操心的事少，日子過得順心，劉杏花近來臉色看起來紅潤了不少，人都年輕了好幾歲。

打從家裡出來往宮裡去的路上，王蓉就一個勁的打趣劉杏花。

原以為劉杏花會不好意思，不想對方竟然打趣了回來。「看看弟妹這幽怨的，想來是老四最近陪的少了？要不要我去跟老四說說，他媳婦啊，這醋都吃到我這來了？」

王蓉無語的給了劉杏花一個白眼。這什麼跟什麼啊？

「哈哈哈哈！」劉杏花哈哈大笑，許是現在日子真的過得舒心，這笑聲都爽朗了不少。

宮門很快就到了，因為今天賞花宴請的人不少，因此，馬車一到宮門口附近就遭遇了堵車。

王蓉、劉杏花不是矯情的人，也沒多等，直接從馬車下來，一起往宮門口走，路上遇到幾位熟識的別家夫人各自帶著兒女，大家互相見禮，寒暄了幾句才繼續往前。

劉杏花走在前面，旁邊是許國公夫人、吳國公老夫人，王蓉身邊則是兩位品階跟她相當，且家中都有優秀兒孫的夫人楚夫人、何夫人。

往日裡三人說不上多熟，畢竟年歲上相差有點大，沒什麼共同話題，這會兒楚、何兩位夫人卻突然健談得很。

王蓉一開始沒反應過來，說了幾句話，兩位夫人話裡話外不離七公主，王蓉才反應過來，敢情這兩人是想著七公主跟她交好，想要從她這下手，打聽打聽七公主的喜好，抑或者通過她讓七公主知道她們的兒孫多麼優秀？

王蓉心下搖頭，面上卻不露分毫。很快，到了宮門前，有專門的小太監、宮女把人往裡面引。進了宮，大家都緊繃著不敢隨便說話，王蓉的耳邊總算安靜了。

跟著小太監左拐右拐不知拐了多少道彎，御花園終於在眼前了。離得還有些距離，王蓉就聽到御花園裡傳來的笑鬧聲。

御花園很大，因為今天名為賞花宴，實為相親，男客女客都有，所以被一分為二，中間簡單的用漂亮綢緞拉了一道圍欄，防止有人不小心越界，卻又不會太遮擋視線。

王蓉進去後，被小太監引到略偏的一處坐下，隔壁桌就是一些十三、四歲的小姑娘。王蓉隨意打量一眼，真是個個都很美，且舉止優雅。

旁邊何夫人看到王蓉的動作心下一動，劉家雖然根基淺，可深得太上皇、當今聖心，後面又有一個敬國公府，若是能替她的嫡長孫女定下，倒也不失為一門好親！這麼想著，何夫人也就問出了口。「聽說劉夫人家的長公子也到了訂親的年歲？」

王蓉笑著點點頭，她家定兒雖然她覺得其實年紀還小，可按時下的風氣確實已經可以訂親了。

「劉夫人想定個什麼樣的？」

「……」這個王蓉真還沒來得及想。「品貌中上、家世相當的吧？不過還要看看孩子自己的意見。」她跟劉鐵都不是獨斷專行的家長，劉定也不是沒有主見的孩子。

「何夫人家應該也有正當齡的兒孫吧？」

「那是，何家大公子那可是京城有名的大才子……」

不須何夫人多言，旁邊已經有了解情況的其他夫人，如數家珍的將何家幾個出眾的孫輩一一數了出來。什麼京城第一才子、京城有名的才女，最是孝順什麼，好名聲一大堆。

王蓉腦海裡下意識就想到了現代的炒作，雖然不能說人家說的這些才名就是假的，但王蓉覺得誇張的成分肯定是有的，再想想那位何家老爺是禮部左侍郎，旁邊夫人誇了半天何家幾位公子有才，卻沒提一句，幾人在科舉上有什麼建樹，王蓉心裡就大概有了譜，只笑著虛與委蛇。

「太后娘娘到，皇后娘娘到，皇子……」

「參見太后娘娘，太后娘娘千歲千千歲；參見皇后娘娘，皇后娘娘千歲千千歲……」

禮畢，太后娘娘笑著揮了揮手，叫那些皇子、公主、小姐、公子們自去玩耍，只留了一眾夫人在跟前說話。

七公主臨走前看了王蓉一眼，衝王蓉笑著點點頭，也在別人的簇擁下離開了。

接下來的時間，王蓉品階低，也不往跟前湊，只在後面低著頭聽著看著。看著在外面威風八面的各家夫人，在太后、皇后面前討好也是挺有意思的。

因為宴會本來抱持的目的就是相親，自然免不了像花孔雀開屏一樣把自己最美好的一面亮出來叫人看看，因此很快就有宮人來報，說是兩邊都組了局，要一展所長，太后、皇后娘娘樂呵呵的笑著要去圍觀。王蓉沒什麼發言權，自然只能笑著墜在後面。

一行人很快換了地方，正嚴正以待、摩拳擦掌準備一展所長的眾公子、小姐忙高高興興的上前行了禮，然後開始一個個上前獻藝，頗有些爭先恐後的意味。

不得不說，這些人確實都有些真材實料，蔣尚書家嫡小姐的鼓上舞柔中帶剛、氣勢磅礡；嚴大人家的雙胞胎姐妹琴簫合奏宛轉悠揚、餘音繞梁；黃大人家的嫡長孫一副山水圖配上飄逸靈動的行書，哪怕王蓉不懂書畫，看著也覺得嘆為觀止……

顯然為了在太后、皇后、皇子、公主面前留下個好印象，這些大家公子、小姐也是卯足了勁，不過收益也是可人的，待眾人表演結束，好幾個表現好的公子、小姐都被太后娘娘叫到了跟前說話。

因為裡面就有自家大孫子，何夫人興奮得手都在抖。其他幾家也不遑多讓。

而那些沒被太后看上的就多少有些氣餒，大人還好，臉上多少還繃得住，小姑娘就不一樣了，王蓉就看到有個穿玫紅色的小姑娘，一個勁瞪另外一個小姑娘，被瞪的那個小姑娘則一副要哭不哭的樣子。

眾生百態，這一場小小的宴會，只因為一個人的喜好就體現得淋漓盡致。

# 第四十章

「劉夫人。」

趁著大家注意力都在太后那邊，沒人在自己跟前獻殷勤，七公主趕忙跑到王蓉身邊說話。

王蓉笑著，輕拍了拍七公主小手。「公主怎麼不去那邊看看？」那裡面說不定有一個就是七公主未來的夫婿呢。

「哼！有什麼好看的？」七公主撇嘴，就算看上了，也不是她能決定的，還不如不看呢。萬一她真的看上誰，最後定下來的卻不是那個人，不是自己給自己找麻煩？倒不如等定下再說，免得浪費感情。「劉夫人妳今天進宮，有給我帶白糖糕嗎？」

七公主打小就是貴女出身，卻偏偏喜歡平民家孩子才喜歡吃的白糖糕，且吃過王蓉做的之後，就偏愛上了王蓉的手藝，這一點一度讓王蓉很好奇，不過她也沒多想，因為每每看到七公主總讓她想起自己因病早夭的小妹妹，所以王蓉對七公主多了幾分姐姐對妹妹的真心寵愛。這次進宮，她確實帶了一碟自己做的白糖糕，不過放在外面的馬車裡，並沒有帶進來。

此時，七公主問起，王蓉自然也就這麼說了。

「那我回頭讓人跟妳出去拿？」

王蓉點點頭，剛巧這時候太后娘娘叫，七公主就又笑著往太后娘娘跟前去了。

「劉夫人跟七公主關係真好。」看七公主往跟前湊，那一副親近的樣子，若非兩人地位相差懸殊，還以為是親姐妹呢。

王蓉笑著沒承認也沒否認，只是巧妙的將話題岔了過去，跟何夫人說起她那最驕傲的大孫子。

不管哪個年代都一樣，提起自家的出息孩子，家長那肯定是怎麼都說不完的，王蓉就聽了一腦門子何家大公子打小如何聰明，三歲會背三字經，五歲能作詩……直說到宴會結束，出了宮門，何夫人都沒停下，後面跟上來的大公子本人都被誇得不好意思了。

「娘／舅母……」宮門口，劉定跟陳晨剛好從東宮出來，正好雙方撞上。

何夫人看到兩個少年突然過來叫人，一開始還沒反應過來，被何大公子拉了一下袖子才反應過來，這是劉家、陳家那兩個進宮給太子做伴讀的孩子。

之前，何夫人就想過把自家長孫女配給劉家，如今見到劉定真人，見小少年風度翩翩，說話做事頗有章法，更加喜歡，拉著劉定的手，說了好一會兒話，直到馬車前，才依依不捨的放下。

辭別了劉家人，一上馬車，何夫人就迫不及待的問何大公子。「明覺，你看那劉家大公子如何？」

「很不錯，小小年紀能有如此風姿，待長成必然不凡。」

「是吧？我也這麼覺得。」何夫人暗暗為自己的眼光得意，果然自己沒看錯人，回頭就跟老頭子說道說道。

何大公子何明覺也不笨，何夫人幾個動作下來，已然明白了何夫人所想，不過大妹妹若是能配給那樣的人，倒也不錯。劉家雖然不若何家數代積累，底蘊深厚，卻也是清正人家，劉家不許納妾是整個京城都出了名的，那劉夫人看著也是個明理的，要是大妹妹嫁過去，依大妹妹的本事，日子應該能過得不錯。

何大公子都能看到這些，何家大家長就更不用說了，不管是從裡子還是面子，這劉家都是一門好親，因此過沒幾天，形式不拘一格的何家老爺子就親自上了陳家的門透露了想要跟劉家結親的想法，請陳軒從中說合。

陳軒先驚了一下，細思量這何家也算是一門不錯的親事，才找人叫了劉鐵過來。

「何家？」

陳軒點點頭。「何家雖然外面看著鬧騰了些，內裡家風還不錯，並不像表面那麼浮誇，何大人是禮部侍郎，何大人三個兒子都在外地做官，下一輩，何家幾位公子也都各有所長，即便在科舉一道上略有不及，其他方面也可彌補。」

劉鐵點點頭。「只是我跟蓉娘之前商議過，孩子們的親事，要孩子點頭才行。」

「這個自然。」他也只是覺得何家還不錯，所以給分析一下，最後同不同意，自然還是劉家決定。「你回去跟蓉娘、定兒商量一下，若有意，我就給何家回個話。」

「何家？」王蓉第一反應就是不行，她對何家之前各種炒作以及求娶公主下意識的非常沒有好感，可是隨著劉鐵一項一項分析下來，刨除些外在的東西竟然好像還不錯？這就尷尬了。

「要不這樣，回頭尋個時間，我們出去秋遊一番，叫上何家，讓兩個孩子先接觸一下。」他們大人也互相了解一下，孩子也彼此見見，若都覺得好，就定下，若是不行就推了。反正定兒也還好，倒也不急著這麼早定下。

「成。」

兩家約定的地點叫北歸山，就在出城往北十幾里的地方，小山不高，山上早些年有人種了些桂樹，此時正是秋桂飄香的時節，一行人馬車還沒靠近，已經能聞到淡淡的桂花香。

「到京城這麼久，竟然都不知道京城還有這樣的好地方，這次可真是託了夫人的福了。」

「夫人客氣了，夫人是個不愛出門的，走動的少，不知道也是有的……到了，夫人我們這就下車吧？」

王蓉笑著點點頭，何家大小姐何芙蓉一馬當先從馬車上下來，然後轉身扶了王蓉一下，雖然王蓉還沒有七老八十到需要人攙扶的地步，但何芙蓉自然做出這樣的動作，加上這一路上表現出來的行為舉止，還是讓王蓉心裡給她加了幾分。不愧是多年底蘊家族出來的嫡長孫女，行止間都頗為懂禮周到，既不讓人覺得諂媚，也不讓人覺得疏離。

而後三人徒步上山，這麼多年，雖然身處內宅，王蓉卻一直都沒有放下鍛練身體，才能輕輕鬆鬆的走到山上，而何芙蓉一個大門不出、二門不邁的姑娘家竟然也能做到臉不紅氣不喘，倒是叫王蓉有些好奇。

不經意間問起，才知道，原來何芙蓉年紀雖然不大，卻有一身好舞藝，因著這麼多年堅持練舞，一貫身體很好。「我那大孫子身體都不一定有芙蓉好呢。」

何夫人對劉定很看好，為了促成這門親事，來之前可是做了不少準備，更是把自家的優勢在心裡列了個一二三四來。時下人重子嗣，劉家又有個不納妾的規定，自然會對未來兒媳婦的身體是否健康有要求，不然萬一娶回去個病秧子，豈不害了自家孩子？所以自家孫女身體好，也是個優勢，何夫人心裡是非常清楚的，王蓉這一問起，何夫人火速就把這個優勢拋出去了。

果然，王蓉聽了，面上笑容更濃了。

何夫人見了心下一樂。「走了也有一會兒了，前面有個浣花亭，咱們過去歇個腳？」

王蓉含笑點頭，同時遞出橄欖枝。「出門前從家裡帶了些水果過來，只是出門匆忙倒是忘了洗，夫人可知這附近哪裡有泉水？叫人給定兒指個路，帶他去取個水？」

「這山上就有。芙蓉，這裡妳來過，也知道那泉水的位置，妳帶妳劉家哥哥過去吧？」

何芙蓉自然略帶羞澀的應了，轉頭看了劉定一眼，紅著臉率先帶著小丫鬟往上走去，故意落在後面的劉定急忙快走幾步跟上。

山泉的位置離浣花亭不遠，王蓉叫他們出來，真正目的也不是取水，因此兩人也沒急吼吼的就往山泉那邊走。脫離了長輩的視線後，何芙蓉還特意放慢了腳步，轉頭偷瞄了劉定一眼，等了等劉定，小丫鬟則非常識趣的退到了後面。

「咳咳……那個，何家妹妹……」家裡小妹妹還小，劉定並沒有太多跟同齡女孩子相處的經驗，因此要說聊天，他是真的不知道該跟何芙蓉聊些什麼，打了個招呼，就卡住了，好半天，才憋出一句。「何家妹妹我們忘記拿取水工具了。」

這話也是耿直的不行。

何芙蓉腳下一頓，再看看雙手空空的三人，懊惱的一拍腦門，好像真的給忘記了。

「那……」何芙蓉猛然轉頭看向跟在後面的小丫頭春芳，其間的意思不言而喻。

可是，可是自己不能走啊，自己若是走了，小姐跟劉家公子豈不就是孤男寡女……本來帶著她就已經算是很出格了，她再離開，回頭夫人知道了，非吃了她不可，萬一傳出點什麼，讓她死都不夠賠的，小丫頭春芳一臉愁苦的看向自家小姐。

何芙蓉自然也清楚春芳的顧慮。可是……那現在怎麼辦？

「咳咳……那個，要不然我們先去山泉那邊看看，說不定會想到別的辦法……」就算沒什麼辦法，其實也沒關係，劉定很清楚自家今天帶來的水果是洗過的，還是他親手洗的，所以他娘說的什麼取水只不過是藉口，好讓他跟何家大小姐認識認識，說說話罷了，既是如此，只要真正目的達到也就罷了，其他的應該也不是那麼重要吧？

「也只能這樣了。」

何芙蓉點點頭，不過經此一事，兩人之間倒是少了幾分拘謹、陌生。彼此都是同齡人，沒了初時的陌生，很快便找到話題聊了起來。

劉定小小年紀讀了不少書，又跟著爹娘去過不少地方，因此在何芙蓉一個小姑娘跟前還算得上見識廣博。而何芙蓉是何家精心培養的嫡長孫女，要不是何夫人實在捨不得把自己辛辛苦苦養大的孫女往宮裡送，何芙蓉訂給太子當個良媛什麼都是可以的，能力見識自然也不俗，除了自己喜歡的舞蹈，她打小也讀了不少書，跟在祖父、祖母身邊聽了不少故事。兩個人聊起來，一時之間竟然天南海北的沒個完。

小丫頭春芳眼睜睜看著兩人一起走到山泉邊，也沒去找取水工具，竟然就著泉水，聊起了茶道，然後聊起了採茶、製茶，然後又聊到了茶葉的產地，聊到了那地方的風景人物……頗有些一見如故，相見恨晚的感覺。

春芳趕緊上前打斷了兩人。「小姐、劉公子，時間不早了，咱們是不是該回去了？」再不回去那邊該叫人來催了。

春芳話音剛落，王蓉跟何夫人已經尋了過來。兩個孩子過來這麼久，一點動靜都沒有，王蓉她們都擔心孩子是不是出什麼事了。

到了跟前一看，兩個孩子好好的在旁邊站著鞋底都沒濕，聽說兩個孩子一直說話說了這麼久，雙方都詫異了一下，在王蓉跟何夫人看來劉定、何芙蓉可都不是多話的人。

不過兩個孩子有話說，能聊得來，可是好事。這年頭多少夫妻能達到相敬如賓、舉案齊眉就算不錯了，彼此性情相投、有話題的能有幾個？因此，何家大小姐在王蓉心裡的分數又加了幾分。

回去後，王蓉特意把劉定叫過來問了問，得知兩人竟然天文地理，詩酒琴茶都說得上幾句，劉定對何芙蓉不僅不討厭，還很欣賞，王蓉心裡差不多就有譜了。

晚間，劉鐵回來，跟劉鐵說起來，王蓉還感嘆了一番。「原先我對何家其實是沒什麼好印象的，沒想到最後兩家竟然還能有這樣的緣分，真是世事難料……」

劉何兩家的親事定得很快，趕在何明覺被選為七公主的駙馬之前，兩家的親事就定下了，等到得知何家做了天家的女婿、七公主的婆家，王蓉少不得又感慨一番。

隔年二月，七公主下嫁何家，成為何家嫡長孫媳，王蓉作為未來親家自然受到了邀請，不過七公主那邊也給她下了帖子。

只是七公主是從宮裡出嫁，她一介外命婦等閒是不能入宮的，只能提前送上給七公主的添妝禮，然後在何家那邊等著。

等到七公主的花轎進門，看著一對新人敬拜天地，王蓉心裡突然湧起一種特別想哭的衝動。這種感覺來得很莫名其妙，卻又真實得很，回到家裡，王蓉好一陣子都沒緩過來。

七公主嫁人後，因為出門方便，跟劉家之間越發親近，三不五時的就會到劉家來一趟，今兒幫著何芙蓉帶個荷包、扇套，明兒幫著劉定遞回去一封信，儼然成了劉定跟何芙蓉這小倆口之間的信使。

劉定跟何芙蓉的親事定在七公主嫁人後第二年的春天，距離一家人上京已經過去幾個年頭。

想著一家人多年沒能團聚，金氏跟劉老頭特意早早的給山凹里還有林州城那邊都送了消息。等收到山凹里一些族親還有大姐、大姐夫一家子都會上京慶賀的消息，這麼多年母女、父女不得相見，想大閨女想得經常睡不好覺的老倆口當即潸然淚下。

王蓉幾個妯娌也是陪著流了不少眼淚才把老倆口勸好。

哄睡了老倆口，妯娌幾個湊在一起商量。「這回大姐一家過來，要不咱們問問，他們可願意留在京城？」老爺子、老太太眼見是不可能再回去山凹里的，可老倆口這年紀一年一年也大了，若是大姐這一次再回去，這輩子能不能再見就都不好說了。留在京城，老倆口想了，最起碼還能見見。

汪氏搖頭。「妳想的太簡單了，京城居大不易，我們幾家也是來這好幾年，才算是站穩了腳跟，這還是安安他爹、他大伯、他四叔大小都是個官身，我們在落花城又有了一點積蓄的情況下，他們什麼都沒有，哪有那麼容易？」

再說嫁出去的閨女潑出去的水，大姐現在是孫家人，有兒有女都是做奶奶的人了，一大家子基業都在山凹里那邊，怎麼可能輕動？別說大姐，就是二房、五房，也是不可能輕易挪地方的。「要我說，這些他爺他奶心裡肯定也清楚，咱們也不用想著那些有的沒的，等他們到了，留他們多住些日子，好好陪陪他爺他奶也就是了。」

行吧。除此之外也沒有什麼辦法了。

三月初，劉大姐一家、山凹里的族親、二房、五房陸續來到，為此王蓉特意提前在隔壁巷子租了個三進的大院子來安置。

多年沒見，親人甫一見面自然又是一番痛哭流涕，為了跟兒女親近，老爺子、老太太甚至要住到大院子那邊去，被幾個兒女勸住了。「娘，不著急，後面還有機會呢，趕明兒等定兒成了親，咱們留大姐他們多住些日子，到時候，我們都搬過來，跟爹娘一起住……」

「真的？」

「真的。」

「好好好，等定兒成了親，都搬過來……」

翌日，劉定成親。

王蓉這些年幫著操辦了那麼多親事，終於輪到操辦自家兒子親事，連著好幾天都興奮的不行，走路帶風。新媳婦進門的頭天晚上更是一整晚都沒睡好，第二天早上，早早就爬了起來換上喜慶吉利的衣裙。出門前，還特意照了又照，比自己成親時還上心。

下半晌，伴隨著熱熱鬧鬧的奏樂聲，一身大紅新郎服精神抖擻的劉定終於迎著花轎進門，王蓉好不容易才抑制住自己內心的激動，待被安排坐到上座上，看著兒子兒媳給自己行禮，眼淚不禁又漫上了眼眶。

劉鐵同樣眼角有些濕潤，卻還是輕拍了拍王蓉，然後半擁著王蓉看著小倆口被一眾堂兄弟、表兄弟親朋好友熱熱鬧鬧的送進了洞房。

——全書完

# 番外一

第二天新媳婦敬茶，王蓉第一次喝媳婦茶，比何芙蓉還緊張，接茶時手沒端穩差點把茶盞給打翻了。

引得劉杏花、張氏、李氏她們一個勁笑著打趣。「唉唷，看這新婆婆，不會是昨晚激動的一晚上都沒睡吧？連碗茶都端不住了……」

劉鐵笑著附和。「可不是嘛，翻來覆去的，弄得我都沒睡好。」

引得眾人一陣善意的笑鬧。

何芙蓉原本以為剛剛是婆婆要給她下馬威，這會兒知道是誤會，提起的心，一下子落到了實處。

敬完茶，認了親，王蓉想著小夫妻昨天折騰了一天，今天估計也疲累得很，擺擺手將人打發回了他們自己院子休息，她自己則陪著親戚們聊天。

雖然劉桂花、李氏她們到京城也有幾天了，可王蓉忙著劉定這邊，一直沒怎麼抽出時間來，現在總算得空了，十幾個女人三三兩兩湊一起，你一句我一句，說說各自的生活，遙想當初在山凹里、林州城時候的趣事，也是歡樂得很。

尤其劉桂花，十多年沒見，彼此的生活變化都很大。劉桂花幾年前就已經做了奶奶，現在大孫子都跟章兒那麼大了，幾個月前又得了個小孫女。

「原本，這次過來還想把大寶帶過來給爹娘瞧瞧的，偏偏臨出發前，小孩子貪吃，壞了肚子……」

「現在山凹里也不是原來的樣子了，你們走後，村裡這些年又陸陸續續收留了不少流民，加上老的去了分家的，現在山凹里差不多有五百戶人家了……咱家的老房子，族長還給留著，我有時間也會回去看看打理打理，只是沒人住，破敗了不少，我來之前族裡堂哥還讓我問問，家裡那個宅子要不要乾脆賣了？

「還有佳人，哦，就是小表姑的女兒，在董家過得也不錯，董仁新雖然沒有他堂哥的本事，卻也是個好的，知冷知熱的，待她好，也知道上進。去年，兩口子已經在鎮上買了宅子、鋪子，現在一家人也都和和美美的。」

「好啊，和和美美的好啊！」年紀大了，就喜歡看到和和美美的，金氏聽了也歡喜，只是還是對沒能親眼見到重外孫有些失落，拉著劉桂花一連問了好些重外孫的事情。

晚些時候，劉桂花他們要回租的宅子去，金氏、劉老頭這次死活要去跟閨女一起住，王蓉怎麼勸都沒勸住，只能由著老倆口。

原想著讓老倆口在那邊住兩天就接回來，沒想到這一住就住到了劉桂花他們離開……

「弟妹，這一別，這輩子也不知道還有沒有再見的機會。爹娘這邊，還要麻煩你們多用心了。」

「大姐放心，爹娘這有我們呢……這以後的日子還長，往後大姐有時間了就帶大寶他們來京城走走，我們有時間了也會回山凹里看看的。」

送走了劉桂花一行，王蓉心裡一直記掛著當時跟劉桂花說的話——有時間回山凹里看看，卻總有事情抽不開身。不是大兒媳婦懷孕了要照顧，就是小兒子進學，考科舉要關心，後面又是小閨女長大要相看人家，反正總不得閒。等兒女一個個都成親的成親、立業的立業，小閨女家的小外孫都能跑了，王蓉自己也老了……

早在十多年前，金氏跟劉老頭就先後去了，因為去的時候是盛夏時節，千里迢迢的，老倆口也沒為難孩子一定要葬回山凹里老家，只說到時候選個地勢高點的地方，讓他們能遠遠的看看山凹里的方向。劉鐵幾個兄弟商量後，就在京城外靠東北方向買了一座風景不錯的小山，然後將二老葬在了那裡。

五年前，老家來信，大姐劉桂花睡夢中去了，走的很安詳；兩年前，大嫂張氏起夜時糊裡糊塗的摔了一跤，纏綿病榻半年最後人還是沒了；現在，王蓉站在陳軒的靈堂前……

從陳家回來，王蓉看著堂下濟濟一堂的兒孫，看著身邊已經白髮蒼蒼、身板也不再堅挺硬實的劉鐵，突然下了一個決定——她要跟劉鐵回山凹里看看，去兌現當年她跟大姐許下的諾言。

「妳真的要回山凹里？」

王蓉認真的點頭。「這麼多年了，我想回去看看。」

「好，等姐夫過了五七，我們就走。」

老倆口說走就走，意志堅定，劉定兄妹三個輪番來勸，又叫了幾個孫子孫女過來撒嬌賣癡也沒能打消老倆口的念頭。

劉定沒辦法只能去找劉金、劉銅、汪氏、劉杏花幾個，想讓他們勸王蓉、劉鐵打消回去的想法，畢竟山凹里實在是太遠了，現在天氣又漸冷，萬一路上出點什麼事，後果他根本不敢想。

結果事與願違，一個沒勸住，反而叫劉金他們幾個老的都生出了回去的念頭。就連王家那邊，王栓、王成聽說了也起了心思，且一發不可收拾。

陳、劉、王三家的小輩聚在一起，腦袋都要愁禿了……

「現在怎麼辦？」

「還能怎麼辦？再勸勸唄！」實在不行，也只能他們護送回去了。

「不然叫祖母勸勸祖父？祖母肯定是不同意祖父回去的。」王家小輩王堯提議。

劉章搖搖頭，大舅娘肯定是不願意回去，可是她說話在大舅那沒什麼分量啊。自從幾年前，大舅娘把姥姥氣得昏過去後，大舅不待見大舅娘那就是三家小輩都心知肚明的事情了……這事，大舅又怎麼可能聽大舅娘的？

「那就讓他們回去？現在可都九月了。」就算他沒去過山凹里也聽長輩說過，那個地方可是十月飛雪的地方。長輩們那麼大年紀了，這些年又都養尊處優的，也沒吃過什麼苦受過什麼罪，身體能受得住嗎？

「到時候多請幾個大夫跟著吧……」

不然還能怎麼辦呢？都說老小孩老小孩，老人執拗起來，可比小孩子還難搞……

九月十三，黃道吉日，宜出行宜嫁娶。

這一天，最後無奈妥協的劉、陳、王三家小輩出城十里送王蓉、劉鐵他們一群老爺子老太太往北去。跟著的除了三家幾個小輩，還有京城一個做北貨生意的商隊泰昌商行以及京城赫赫有名的鏢局——龍虎鏢局。

怕王蓉他們路上出事，劉定幾個可是跟泰昌商行和龍虎鏢局好一番拜託，請他們一路上代為照看，那客氣、禮貌的樣子看得王蓉直牙疼。「哼！平時也沒見他們對我們一群老傢伙這麼溫聲細語的，現在跟個陌生人倒是好說話。」

劉鐵還笑著跟著附和點頭。

劉定幾個聽了心裡喊冤。

……他們怎麼沒有溫聲細語了？他們劉家的孩子可是京城出了名的孝順……連宮裡皇上、娘娘們都誇過的……不就之前沒有立刻同意你們回山凹里嗎？至於這麼記仇嘛！再說了，他們這麼溫聲細語的跟商隊、鏢局的負責人說話，圖的啥啊，還不是為了讓人能對他們上點心嗎？

真是滿肚子委屈沒處說。

「好了，劉大人、陳大人、王大人，時間也不早了，我們這就出發了，告辭。」

「一路多保重，幾位老人家就拜託兩位了。」

車隊終於啟程，車隊後面三家小輩長到這麼大從來沒有離開過爺爺奶奶，乍一看著爺爺奶奶離開，一路追著車跑了好久……王蓉看著兒孫們漸漸遠去的身影，渾濁的雙眼突然就落下幾滴淚來。

「怎麼？又捨不得了？」

「你捨得？」打小看著從小小一團長到這麼大的孩子，突然分開，這輩子還不知道有沒有再見的機會，她傷感一點，不是正常的嗎？

「我捨得。」劉鐵點頭。「老話說得好，兒孫自有兒孫福，為了他們這麼多年，咱們做的也夠了，臨了總也要為我們自己活一活。」跟王蓉一起回去看看，這個念頭，他都想了多少年了！可不能帶到棺材裡去。

這倒是，行吧！那就當做參加了一個夕陽紅圓夢旅遊團，只是這個旅遊團的路線、耗時稍微長了點。王蓉接過劉鐵遞過來的濕帕子抹了把臉，笑眯著眼點點頭。「這趟回去，你有沒有想好回去做什麼？去哪些地方？」

那可多了，劉鐵一根根掰著手指開始數。「咱們先把家裡收拾收拾，院子規整規整，等天暖和了種點花花草草。然後咱們再去後山上轉轉，等我們到了，家裡差不多也該下雪了，多少年沒有摟過兔子了，回頭叫上一些老傢伙，咱們一起上山看看有沒有兔子？還有之前咱們初遇的那條小路也不知道還在不在，回頭咱們去找找……再有，我還想去田間地頭走走，去鎮上的醫館看看。」

醫館的老大夫恐怕已經不在了吧？當初那個小藥童現在也不知道怎麼樣了。「還有同福寺，也不知道這麼多年過去，那棵老樹是不是還像當年那麼繁盛？」

村裡那些小夥伴，如今定是和他一樣都成了老傢伙，還在的，也要去看看，這麼多年沒回去了，也不知道他們都怎麼樣了……

——全篇完

# 番外二

「小妹，吃糖，甜的……」

「小妹，白糖糕給妳吃……」

「小妹，嗚嗚，小妹妳不要走……」

「啊……」再次從睡夢中驚醒，七姑娘怔怔的倚靠在引枕上半天沒有回過神來。

同樣的夢，自從她六歲開始便一次次出現在她的夢裡，一開始只幾個月甚至半年才會夢到一次，近些日子卻是越發頻繁了，而且很莫名的，她似乎可以感知到夢中人的情緒……

「小姐，您不要緊吧？」奶娘一邊替七姑娘擦汗，一邊絮絮念叨。「您這老是夢魘，時間長了也不是個事兒啊，依老奴看，不如咱們找個時間跟夫人說一聲，叫個大夫過來看看吧？」

七姑娘搖搖頭。「還是算了，也不是什麼大事，何必去煩勞母親呢？再說現下外面正是多事之秋，父親也不在家，母親一天不知道要想著念著多少大事……」她雖然養在母親名下，卻不是母親的親生女兒，這個分寸她還是有的。

「可……」奶娘還要再勸，叫七姑娘揮揮手打斷了。「時間不早了，我要睡了，奶娘也下去歇著吧，我已經沒事了。」

打發走了奶娘，七姑娘躺在床上卻翻來覆去的睡不著，夢中的情景總是不時的在她眼前閃現——平平常常的農家小院子，姐姐般溫柔疼惜的女聲，模糊的背影，還有女聲最後的哭喊……

如果不是那場瘟疫，如果不是她在軍營門口剛巧看到了王蓉，她可能永遠都只會把夢中的一切當成是一場虛無縹緲的夢，可惜這個世界上沒有如果……她還是看到了王蓉，而且只一眼她就知道這個人就是她夢裡的那個人，沒有根據的堅信。

接下來，七姑娘小心翼翼的跟母親以及身邊的人打探王蓉的消息，打聽王蓉是個什麼樣的人，她是不是有個妹妹？

因為王蓉先後敬上了手弩和預防瘟疫的策略，在父親那邊也算是掛了號，所以打聽起這個人來不難，但她是不是真的有個小妹妹，不是熟悉的人還真不清楚。為此，她思量了幾圈才把目標定在曾經親自去過一次山凹里的老管家身上。

「小姐，妳說劉鐵媳婦啊？那確實算得上是奇女子了。她家之前據說是南方的，只是那邊鬧災才一家子逃荒去了北邊……」

「逃荒？聽說逃荒都很慘的，有的一家子都死在逃荒路上了，是不是真的？王蓉她一家子都逃出來了嗎？」

「慘是肯定的，逃荒路上多得是半途倒下的，滅門的也不少。」他家當年賣身為奴不也是因為家裡遭災，一家人實在活不下去，走投無路了嘛……

「王家要說慘也慘，要說不慘也不慘，跟那些一家子死絕了的比，她家算是好的；跟那些一家子好好的比，她家當然慘。她二叔家兩兒一女，兩個兒子逃荒路上都沒了，她二嬸因為這人到現在還時不時犯瘋病。她家稍微好一點，不過好像也沒了一個不大的小丫頭……」

「不大的小丫頭？」王蓉竟然真的有個夭折的妹妹！那她到底是誰？又是個什麼東西？她是借屍還魂，還是被鬼附身？她會不會被人發現燒死？

在此之前，七姑娘也聽奶娘給她講過很多光怪陸離的故事，什麼借屍還魂，死而復生這種事，話本故事裡也並不是沒有，只是她怎麼都沒想到有一天這樣的事情會發生在自己身上。實在是太過匪夷所思、也太嚇人了……

回去之後，七姑娘就被嚇病了，燒得很厲害，而且起起伏伏的，這燒怎麼都退不下去。

大夫過來把脈，說七姑娘這病是嚇得，其他人都覺得莫名其妙。好好一個閨閣小姐，養在深閨人不識，連門都少出，怎麼會嚇到？只奶娘聯想到近來小姐一直噩夢纏身，心裡嘀咕是不是小姐沾染上什麼髒東西了？

特特去廟裡求了幾個平安符壓在七姑娘的枕頭下面。

也不知道是心理作用，還是那幾枚平安符真的靈驗，七姑娘的燒竟然漸漸降下來了，人也肉眼可見的精神了不少。歡喜的奶娘又去廟裡捐了不少香油錢。

七姑娘見了，是又好笑，又覺得暖心。她一出生生母就沒了，打小養在嫡母身邊，可嫡母有自己嫡親的女兒，因此要說對她有多上心，那是不可能的。有記憶以來，對她最好，照顧她照顧得最精心的就是奶娘。

她實在不應該因為幾個夢境就把自己嚇成這樣，害得奶娘為她擔心。想到此，七姑娘漸漸的也就放開了，只是心裡還是有些彆扭，也實在有點不知道應該怎麼對待上輩子的這段記憶，以及王蓉這個曾經的姐姐。

直到父親的軍隊打進京城，父親登基成了父皇，她也從侯府養在嫡母身邊的庶出小姐搖身一變成了全天下最最尊貴的七公主。一年後，王蓉也跟著榮升三品工部右侍郎的劉鐵進京成了正三品的誥命夫人。

再次見到王蓉，是在皇后娘娘的千壽宴上，能看出來，她應該是之前沒有參加過這樣的宴會，禮儀不是很自然，言行舉止也頗有些刻意、拘束，那一刻七公主突然就有些心疼，所以她去請了父皇過來，還話裡話外的替她賣好，果然父皇在宴上將她叫到跟前親近的說了幾句話。

然後她再刻意接近，許是兩人真有姐妹緣，一來二去，哪怕王蓉並不知道站在她面前的可能是她夭折的小妹，兩人還是相處得非常融洽，說一句親如姐妹一點都不為過。王蓉看她時，眼中無意露出的寵溺、疼惜，更是讓她堅定了自己遵從本心的想法。

知道她喜歡她親手做的白糖糕，王蓉每次進宮都帶給她，她去王蓉家裡做客，王蓉也會給她做很多好吃的，耐心的給她講道理，不讓她經常跑出宮，說是外面危險云云。跟王蓉、劉定、劉章他們在一起，她體會到了在陳家十多年在父皇身上都沒有體會過的那種家的細膩溫情。

大年三十，除夕宴，王蓉作為三品誥命原本是要參加的，只是因為懷孕身子不適，早早遞了摺子沒有進宮，原本七公主還有些遺憾，而後三皇子逼宮，染血的刀劍揮過來，生與死的一瞬間，七公主不禁想，幸虧王蓉今天沒有進宮……

「嘶……公主您沒事吧？」

最後救下七公主的是劉杏花，她情急之下拿起桌子上的酒壺替七公主擋了一下，雖然有酒壺卸了一些力道，劉杏花還是被砍傷了胳膊，七公主則毫髮無傷。

「我沒事，妳還好吧？」又欠了劉家人一份情，七公主只覺得緣分這東西還真是奇妙。

等到相親宴後，經過多番勢力角力，七駙馬的人選終於定下為京城赫赫有名的大才子，風度翩翩、一表人才的何明覺，另一邊何明覺的大妹妹何芙蓉卻又跟劉定訂親的那一刻，七公主已經確定她跟王蓉、跟劉家的緣分，這輩子怕是都撕扯不開了。

何家是大族，往上數，前朝甚至做過幾任宰輔，綿延至今，雖然已沒了往日的輝煌，但在京城說話還是有些分量的。家風雖然外面看著浮誇，內裡卻並非如此，而且太婆婆明理，婆婆雖然有些小心思，但七公主身分高貴，何明覺又喜歡，她也拿七公主沒什麼辦法，因此七公主在何家的日子可以說過得非常舒心。

何芙蓉跟劉定訂親後，兩家就是親家，打著給大妹妹做紅娘、信使的藉口，七公主三不五時的就往劉家跑，逗逗王蓉的小女兒，跟王蓉、劉杏花一起聊聊天說說話，回頭替劉定捎上點什麼釵環之類的小東西給何芙蓉，如此這般，就算婆婆心裡有意見面上還得感激她。

這樣歡樂的日子一直持續到何芙蓉跟劉定成親，三日回門，何芙蓉原還擔心她娘秋後算帳，跟七公主相處不好，結果婆媳倆處得別提多好了，七公主想要幹麼，只稍微露出點意思，何芙蓉她娘就快手快腳的幫著幹了，看得何芙蓉目瞪口呆。

「大嫂妳是怎麼做到的？」

七公主笑呵呵的指了指小腹位置。「喏，原因在這呢。」

說來，她婆婆這個人倒也傳統得很，之前擔心她身分高，壓得何明覺喘不過氣來，她又喜歡往劉家跑，她婆婆便不怎麼喜歡她。估計心裡都想好了，等何芙蓉出嫁後，她到時再往外跑就要好好教教她規矩，結果何芙蓉前頭花轎剛離開，後腳七公主就暈過去了，再醒來，肚子裡已經揣了個娃娃。

這下，她婆婆哪裡還顧得上之前要教她規矩的想法？怕她又蹦又跳的傷到孩子才是真的……成天瞻前顧後地叮囑看顧，她開心做啥都順著。

懷胎十月，瓜熟蒂落，一朝分娩，七公主氣勢恢弘的生下了皇室第一對血脈龍鳳胎。

宮裡不管真心還是假意，都表現得非常歡喜，賞賜一抬又一抬的抬進來，甚至在雙胞胎滿月宴上，皇上、皇后娘娘還親自到何府恭賀。

七公主今天特意換了一身喜慶的玫紅色長裙，於人群中看著被婆婆、太婆婆抱在懷裡一身大紅繈褓的嬰孩，再看看另一邊身姿挺拔、察覺到她的目光轉頭對她溫柔一笑的夫君，突然就生出了一種歲月靜好的感覺……

——全篇完

文創風
826

# 守財小妻 下


國家圖書館出版品預行編目資料

守財小妻 / 忘憂草著. --
初版. -- 臺北市 : 狗屋, 2020.02
冊 ; 公分. --（文創風）
ISBN 978-986-509-083-8（下冊：平裝）. --

857.7　　　　108021884

| | |
|---|---|
| 著作者 | 忘憂草 |
| 編輯 | 林俐君 |
| 校對 | 周貝桂 |
| 發行所 | 狗屋出版社有限公司 |
| 地址 | 台北市104中山區龍江路71巷15號1樓 |
| 電話 | 02-2776-5889～0 |
| 發行字號 | 局版台業字845號 |
| 法律顧問 | 蕭雄淋律師 |
| 總經銷 | 知遠文化事業有限公司 |
| 電話 | 02-2664-8800 |
| 初版 | 2020年2月 |
| 國際書碼 | ISBN-13　978-986-509-083-8 |

本著作物由北京晉江原創網絡科技有限公司授權出版

定價250元

狗屋劃撥帳號：19001626

網址：love.doghouse.com.tw　E-mail：love@doghouse.com.tw